선인들의
지리산 기행시
1

선인들의
지리산 기행시
1

최석기 · 강정화

보고사

서문
한시로 오르는 지리산

'인걸(人傑)은 지령(地靈)'이라고 하였다. 빼어난 인물은 땅의 신령스런 정기를 받고 태어난다는 말이다. 역사 속 수많은 인물들의 출생 설화는 반드시 명산을 배경으로 한다. 큰 산과 큰 인물은 예부터 자연스레 그 이미지가 연결된 상징성을 가지고 있기 때문이었다. 그래서 사람들은 그 '높은 산'을 우러르듯 자연스레 '큰 인물'을 떠올렸다. 이것이 명산이 지닌 상징이다. 인간이 정복해야 할 대상이 아니라, 그 높은 덕을 닮고자 하는 '인지(仁智)'의 산이었던 것이다.

명산에 대한 이러한 전통적 선망 의식은 선현들에게 명산 유람을 갈구하게 하였다. 그리고 그 염원을 이룬 감동의 순간은 기록으로 남기지 않을 수 없었다. 유람록과 기행시가 대표적이다. 지리산 유람록은 100여 편이 발굴되었고, 지리산 기행시는 수천 편이 확인되고 있다.

우리는 근년(2013)에 지리산 유람록을 모두 6책으로 완역하여 출간하였다. 일명 『선인들의 지리산 유람록』 시리즈는 2000년에 첫 번째 성과물이 출간된 이후 13년만의 대장정으로 마무리되었다. 국내의 명산 가운데 유람록을 완역하여 대중화한 것은 지리산이 최초이다. 이 완역 작업은 지리산을 아끼는 일반대중에게 선풍적인 관심을 불러일으켰을 뿐만 아니라, 학계에도 다양한 분과 학문으로의 연구를 확산시키는 촉매제 역할을 하였다. 나아가 '산의 인문학' 등 대중화에도 다양한 반응을 불러 왔다. 이처럼 유람록 완역과 전문연구를 병행한 명산은 또한 지리산이 최초이자 유일한 사례가 될 것이다.

이후 우리는 지리산 기행시로 시선을 돌렸다. 유람록은 유람에 참여한 동행 중 한 사람이 쓰는 반면, 기행시는 유람자 각각의 감회를 읊고 있어 보다 다양한 인식을 확인할 수 있다. 더구나 지리산은 영·호남의 여러 지역에 포진되어 있고, 이 지역에서 출생하고 거주했던 수많은 조선시대 지식인이 '내 가까이 있는 우리 고장의 산'으로 인식했던 친숙한 공간이었다. 이처럼 인복(人福)이 많았던 지리산은 국내 여느 명산에 비해 보다 많은 '인간 삶의 이야기'를 품고 있다. 이제부터 기행시를 통해 지리산에 올라 그 이야기를 풀어볼 것이다.

이에 따라 우리는 10년 이상의 대장정(大長程)을 계획하고 지리산 한시 번역 작업에 착수하였다. 그중에서도 '연작시(聯作詩)'를 우선적으로 번역하였다. '연작시'는 유람 준비 과정이나 시작에서부터 귀가까지의 일정을 한시로 연작하고, 다시 이를 모두 합하여 하나의 작품으로 묶은 형태이다. 한 편의 연작시에는 많게는 수십 수의 한시가 들어 있다. 조선초기부터 일제시기까지 모두 30여 편의 연작시를 발굴하였고, 이는 모두 2책으로 출간될 예정이다. 이 책은 그중 첫 번째 성과물로, 그 절반에 해당하는 15편을 실었다. 시기적으로는 1472년 8월 15일 지리산 유람에 나섰던 점필재(佔畢齋) 김종직(金宗直)에서부터 1901년 8월 유람한 권규집(權奎集)의 작품까지이다.

지리산 기행연작시에서는 유람록과는 다른 운치와 감회를 확인할
수 있을 것이다. 이 작업을 통해 지리산의 여러 명승(名勝)에 대한 유람자
의 개별 감회를 확인하는 것은 물론이고, 나아가 지리산의 정체성을
찾아가는 과정에도 중요한 토대가 될 것으로 기대된다.

　　끝으로 또 다시 지난(至難)한 장도(長途)에 첫 발을 들인 것을 자축하
고, 그 길에서 지치지도 포기하지도 말기를 염원해 본다. 나아가 앞으로
행해질 이 작업들이 지리산을 사랑하는 이들에겐 아름다운 노래로, 지
리산학 연구자에겐 새로운 지평을 여는 초석이 되기를 기대해 본다.

2015년 8월 역자

목차

천왕봉에서
아득히 우주 밖을 바라보다

김종직의 유두류기행

천왕봉에서 아득히 우주 밖을 바라보다

김종직金宗直의 유두류기행游頭流紀行

○ 선열암¹ 先涅庵

등넝쿨에 가린 문은 구름에 반쯤 잠겼고	門掩藤蘿雲半扃
바위들은 우뚝우뚝하고 샘물은 시원하네.	雲根矗矗水泠泠
하안거결재 끝난 고승 세속으로 돌아가니	高僧結夏還飛錫
숲 속엔 원숭이와 학만이 깜짝 놀란다네.	只有林間猿鶴驚

○ 의론대² 議論臺

한쪽 어깨에 가사장삼 두른 선승 두 명	兩箇胡僧衲半肩

---

1 선열암 : 현 경상남도 함양군 휴천면 운서리 운암마을에서 능선으로 오르는 곳에 있던
암자이다.

2 의론대 : 선열암과 신열암(新涅庵) 위에 고열암이 있는데, 고열암(古涅庵) 서쪽 봉우리에

바위틈 석굴에서 소림의 선을 논했다지.　　　　　　岩間指點小林禪

해질 무렵 혼자서 삼반석[3]에 올라서니　　　　　　斜陽獨立三盤石

소매 가득 바람 불어 내 신선이고 싶네.　　　　　　滿袖天風我欲仙

○ 고열암[4]에서 유숙하다 宿古涅庵

내 지친 육신을 지탱하고자 하여　　　　　　　　　病骨欲支撐

잠시 부들자리 빌어 잠을 청했네.　　　　　　　　　暫借蒲團宿

밝은 달밤에 솔바람 소리 들려와　　　　　　　　　松濤沸明月

구곡산[5]을 유람하는 듯 착각했네.　　　　　　　　惧擬遊句曲

뜬구름은 무슨 마음을 먹은 겐지　　　　　　　　　浮雲復何意

한밤중에 바위골짝을 닫아버렸네.　　　　　　　　　半夜閉岩谷

정직한 마음만 간직하고 있으면　　　　　　　　　　唯將正直心

산신령의 비결을 얻을 수 있으리.　　　　　　　　　倘得山靈錄

　　있는 반석을 말한다. 김종직의 「유두류록(遊頭流錄)」에는 이 의론대를 삼반석(三盤石)이
　　라 하였다. 이곳에서 옛날 승려 노숙(老宿)과 우타(優陀)가 살면서 선열암·신열암·고열
　　암의 승려와 대승 및 소승에 대해 담론을 하였다고 한다.

3 삼반석(三盤石) : 세 명의 승려가 앉아 불교에 대해 담론하던 너럭바위를 말한다. 각주
　　2번 참조.

4 고열암 : 선열암에서 서쪽 능선을 따라 조금 올라간 곳에 있었다고 한다.

5 구곡산(句曲山) : 중국 강소성 구용현(句容縣)에 있는 도가(道家)의 명산으로, 양홍경(梁
　　弘景)이 은거하던 곳이다.

○ 추석날 밤 천왕봉에서 보름달을 보지 못하다 中秋 天王峯 不見月

공무 중에 휴가 내어 높은 산에 올랐는데	抽身簿領陟崔嵬
좋은 날이 조물주 시기를 심하게 받는구나.	剛被良辰造物猜
안개가 온 세상에 자욱하여 바다가 된 듯	霧漲寰區入紘海
바람이 암봉을 흔들어 우레가 내리치는 듯.	風掀岩嶽萬搥雷
천주봉⁶ 유람을 계속하기가 어렵겠지마는	勝遊天柱知難繼
신선세계 노닐고픈 꿈 버리고 싶진 않네.	清夢瓊臺未擬回
때로 먹구름이 잠시나마 물러가기도 하니	時有頑雲暫成罅
뉘라서 달을 뜨게 해 내 회포를 채워주리.	誰能取月滿懷來

○ 향적암⁷ 香積庵

-승려가 살지 않은 지 벌써 2년이나 되었다. 無僧 已二載

손을 이끌고서 구름 속 절문을 두드리니	携手扣雲關
속인의 발길이 청정 세계를 더럽히누나.	塵蹤汚蕙蘭
산골의 샘엔 여전히 대통이 남아 있으며	澗泉猶在筧
향을 사른 재는 아직도 소반에 쌓여 있네.	香燼尙堆盤

---

6 천주봉(天柱峰) : 하늘을 떠받치고 있는 기둥이라는 뜻으로, 여기서는 천왕봉을 가리킨다.

7 향적암 : 향적사(香積寺)를 가리킨다. 장터목산장에서 천왕봉을 향해 약 15분 정도 오르면 제석봉 고사목 지대를 통과하는데 그 남쪽에 있던 절이다.

지팡이 짚고 서니 가을 풍광이 서늘한데   倚杖秋光冷
바위 잡고 올라 보니 운해가 넓기도 하네.   捫岩海宇寬
은근히 원숭이와 학에게 내 뜻을 전하니   殷勤報猿鶴
내 다시 상봉에 오르도록 허용해 주기를.   容我再登攀

○ 향적암에서 묵는데 한밤중에 날이 개다 宿香積 夜半開霽

선학이 구름을 뚫고 훨훨 나는 듯한 소리   飄然笙鶴瞥雲聲
천 길의 봉우리 위에 중추의 명월이 떴네.   千仞岡頭秋月明
응당 쇠 피리 부는 도인이 살고 있으리니   應有道人轟鐵笛
또 회로8를 맞이해 봉래산 영주산 찾으리.   更邀回老訪蓬瀛

○ 다시 천왕봉에 오르다 再登天王峯

중국 오악이 중원을 진압하고 있으나   五嶽鎭中原
동쪽 태산이 그중 뭇 산의 조종이라.   東岱衆所宗
어찌 알았으리, 발해 너머 삼한 땅에   豈知渤澥外
이처럼 웅장한 두류산이 또 있을 줄.   乃有頭流雄

---

8 회로(回老) : 중국 당나라 때 도사 여동빈(呂洞賓)의 별칭이다.

곤륜산이 아주 오랜 태곳적 옛날부터	崑崙萬萬古
두류산과 지축이 되어 동서로 통했네.	地軸東西通
그 줄기가 머리와 꼬리를 연결했으니	幹維掣首尾
신비한 조화의 공을 상상할 만하리라.	想像造化功
아, 나는 신선의 자질이 부족하여서	繄我乏仙骨
오랫동안 티끌 진 세상 떠돌아다녔네.	塵埃久飄蓬
옛 속함⁹ 고을의 수령이 되어 왔더니	牽絲古含速
두류산이 이 고을 백 리 안에 있었네.	玆山在雷封
마천 골짜기에서 가을걷이 살펴보는데	省歛馬川曲
절기는 바야흐로 한가을 절정이로다.	時序秋正中
두서넛 벗과 더불어 상봉으로 올라가	試攜二三子
천왕봉에서 보름달을 구경하려 했네.	翫月天王峯
넝쿨을 부여잡고 힘껏 오르내리면서	捫蘿恣登頓
다리 힘을 짧은 지팡이에 의지했네.	足力寄短筇
그런데 산신령이 심술을 부리는 듯	山靈似戲劇
안개 끼고 비 내려 강풍까지 불었네.	霧雨兼顚風
마음을 가다듬고 또 조용히 기도하여	齊心且默禱
가슴속의 티끌을 말끔하게 씻어냈네.	庶盪芥滯胸
오늘 아침에 문득 날이 맑게 개이니	今朝忽清霽

---

9 속함(速含) : 현 경상남도 함양군의 옛 이름이다.

산신령이 나의 충심을 헤아린 듯하네.　神其諒吾衷
천왕봉에 다시 오르는 노고도 잊고서　遂忘再陟勞
정상에서 아득한 우주 밖을 바라보네.　絶頂窺鴻濛
넓고 넓은 첩첩의 봉우리를 굽어보니　浩浩俯積蘇
이 세상 밖으로 벗어나는 듯한 느낌.　如脫天地籠
뭇 산이 만 리 너머에서 조회하는 듯　群山萬里朝
눈 아래로 다시는 높은 산이 없구나.　眼底失窮崇
북녘으론 저 멀리 한양 궁궐 보일 듯　北望白玉京
남녘으론 날아가는 기러기떼 가물가물.　滅沒南飛鴻
눈앞에서 아득히 넓고 넓은 저 바다가　溟海卽咫尺
하늘과 맞닿아 청동거울처럼 푸르구나.　際天磨靑銅
까마득히 보이는 저너머의 오랑캐 섬들　乖蠻與隔夷
구름 속에 뒤섞여서 가물가물 보이네.　雲水和朦朧
멀리 보면 아득히 방향을 알 수 없지만　遠瞻若迷方
가까이로는 기이한 풍경에 마음이 흐뭇.　近挹忻奇逢
푸른나무 구불구불 절벽에서 춤을 추듯　蒼虯舞素壁
붉은 해는 맑은 하늘에 낮게 드리웠네.　赤羽低晴空
골짜기마다 계곡물이 세차게 흘러가서　萬壑水奔流
굽이굽이 흘러내리며 무지개 드리웠네.　逶迤拕玉虹
신선 사는 십주[10] 첩첩 골에 숨었는데　十洲隱積皺
가리키며 둘러봐도 그곳이 그곳인 듯.　指顧面面同
뭇 봉우리가 모두 나지막이 솟아 있어　諸峯悉醞藉

마치 자손이 조상을 추숭하는 듯하네.　　　　　有似兒孫從

반야봉이 천왕봉과 높이를 다투려니　　　　　般若欲爭長

자개봉이 축융봉과의 관계인 듯하네.[11]　　　紫蓋於祝融

꿈에서도 그리웠구나, 청학동이여!　　　　　懷哉青鶴洞

천 년토록 신선의 자취 감추고 있네.　　　　千載秘仙蹤

시를 읊조리며 비탈길을 내려오는데　　　　長嘯下危磴

금방이라도 선계 동자를 만날 듯하네.　　　如將値青童

바람 부는 잔도엔 옅은 운무 일어나고　　　飆梯起輕霧

석양빛에 단풍이 선명하게 보이는구나.　　返照明丹楓

중추의 보름달을 구경하지는 못했지만　　雖負端正月

참된 근원을 이제 끝까지 둘러보았네.　　眞源今已窮

날씨가 갑자기 흐렸다가 문득 개이니　　倏陰而倏晴

천신의 후의에 감사하는 글을 올리네.　　厚意賤天公

발에 물집이 생긴 것도 개의치 않고　　累繭不足恤

청련궁[12]에서 이틀을 묵고 돌아가네.　　信宿青蓮宮

내일이면 신선세계를 하직하고 나서　　明朝謝煙霞

---

10 십주(十洲) : 도가에서 말하는 신선이 사는 열 고을로, 조주(祖洲)·영주(瀛洲)·현주(玄洲)·염주(炎洲)·장주(長洲)·원주(元洲)·유주(流洲)·생주(生洲)·봉린주(鳳麟洲)·취굴주(聚窟洲)를 가리킨다.

11 자개봉이……듯하네 : 자개와 축융은 모두 중국 남악(南嶽)인 형산(衡山)의 봉우리 이름인데, 축융봉이 최고봉이고, 자개봉이 그 다음으로 높다고 한다.

12 청련궁(青蓮宮) : 사찰의 다른 이름이다.

공무를 돌보느라 다시금 분주하겠지.　　　　　　　繩墨還悤悤

○ 중봉¹³에서 바다의 여러 섬을 바라보다 中峯 望海中諸島

앞의 섬은 누워 있고 뒤의 섬은 서 있으며	前島庚庚後立立
저 멀리 하늘과 바다가 서로 이어져 있네.	蒼茫天水相接連
떠가는 돛단배는 새보다 빨리 나아가는 듯	似有雲帆疾於鳥
옛 말에 신선이 뗏목 타고 떠나갔다 했지.	古來說得乘槎仙
대여산과 원교산¹⁴은 또 어디에 있는 건지	岱輿員嶠更何處
거대한 자라는 꼼짝 않고 단잠에 빠졌으리.	巨鼇不動應酣眠
궁궐로 편지를 보내 옛 동료에게 문안하니	寄書紫鳳問舊侶
나는 지금 방장산 꼭대기에 올라와 있다오.	我今亦在方丈巓

○ 영신암¹⁵ 靈神菴

전괄령과 거상곡¹⁶을 둘러보고 돌아오니	箭筈車箱散策回

---

13 중봉(中峯) : 천왕봉에서 동쪽 능선을 따라 2km쯤의 거리에 있는 봉우리이다.

14 대여산(岱輿山)과 원교산(員嶠山) : 『열자(列子)』에 보이는 신선이 사는 산으로, 방호산(方壺山)·영주산·봉래산과 함께 발해 동쪽 몇 억만 리 되는 큰 골짜기에 있다고 한다.

15 영신암(靈神菴) : 세석산장 뒤의 영신봉 밑에 있던 암자이다.

16 전괄령(箭筈嶺)과 거상곡(車箱谷) : 중국 섬서성 기산현(岐山縣)에 있는 산과 계곡의 이

늙은 선사의 암자에는 석문이 열려 있네.　　　　　　老禪方丈石門開

내일 아침엔 다시 세속 길을 걸어가리니　　　　　　明朝更踏紅塵路

원숭이 불러다가 술을 사오라 해야겠구나.　　　　　須喚山都沽酒來

청학 타고 다니는 신선은 어디에 사는건지　　　　　青鶴仙人何處棲

홀로 청학 타고 이리저리 마음껏 노닐겠지.　　　　獨騎青鶴恣東西

온골짝 백운 가득 솔과 삼나무 어우러지니　　　　白雲滿洞松杉合

유람객들 여기 와서 저절로 길을 잃는다네.　　　多少遊人到自迷

천 년 전에 은거한 한 녹사[17]라는 사람은　　　　千載一人韓錄事

붉은 벼랑 푸른 봉우리 마음껏 노닐었으리.　　　丹崖碧嶺幾遨遊

조정의 관료들은 노예 신세 달가워했지만　　　滿朝卿相甘奴虜

처자를 이끌고 이 산에서 함께 늙었다지요.　　妻子相携共白頭

쌍계사에 은거한 최 고운[18]을 생각하노니　　　雙溪寺裏憶孤雲

름이다. 두보(杜甫)의 「망악(望嶽)」에 "거상곡은 계곡으로 들어가면 돌아오는 길이 없으
며, 전괄령은 하늘로 통하는 길로 문이 하나밖에 없다.[車箱入谷無歸路 箭筈通天有一
門]"고 하였다.

17 한 녹사(韓錄事) : 고려 최씨 정권 때 벼슬을 버리고 지리산에 은거한 한유한(韓惟漢)을
가리킨다. 녹사는 그가 서대빈원 녹사(西大悲院錄事)에 제수되었으나, 나아가지 않았기
때문에 붙여진 관직명이다.

18 최고운(崔孤雲) : 신라 말 쌍계사에 은거한 고운(孤雲) 최치원(崔致遠)을 말한다.

어지러운 당시 국사를 들을 수 없었으리. 時事紛紛不可聞
본국으로 돌아와서도 자취를 감췄던 건 東海歸來還浪跡
들녘의 학이 닭 무리 속에 있었기 때문. 秪緣野鶴在鷄群

○ 산을 내려오며 읊다 下山吟

지팡이 짚고서 겨우 산을 내려오는데 杖藜纔下山
맑은 못에 문득 내 모습을 비추누나. 澄潭忽薦客
굽이진 물가에서 나의 갓끈을 씻으니 彎碕濯我纓
상쾌한 바람이 겨드랑이서 일어나네. 瀏瀏風生腋
평소에 산수유람 몹시도 염원했는데 平生饕山水
오늘 한 켤레 나막신이 다 닳았구나. 今日了蠟屐
마음 맞는 이들에게 돌아보며 말하니 顧語會心人
어찌 세상사에 그리도 얽매이시는가. 胡爲赴形役

작품
개관

출전 : 『점필재집(佔畢齋集)』 권8, 「유두류기행(游頭流紀行)」
일시 : 1472년 8월 14일 - 8월 18일
동행 : 유호인(兪好仁), 조위(曹偉), 임대동(任大仝), 한인효(韓仁孝) 등

관련 유람록 :「유두류록(遊頭流錄)」

일정 : • 8/14일 : 함양군 관아 - 엄천(嚴川) - 화암(花巖) - 지장사(地藏寺) - 환희대(歡
喜臺) - 선열암(先涅庵) - 신열암(新涅庵) - 고열암(古涅庵)

　　　　• 8/15일 : 고열암 -〈쑥밭재〉- 청이당(淸伊堂) - 영랑재(永郎岾, 현 하봉下峯) -
해유령(蟹蹂嶺) - 중봉(中峯) - 마암(馬巖) - 천왕봉(天王峯) - 성모사
(聖母祠)

　　　　• 8/16일 : 성모사 - 통천문(通川門) - 향적사(香積寺)

　　　　• 8/17일 : 향적사 - 통천문 - 천왕봉 - 통천문 - 중산(中山, 帝釋峯) - 저여분(沮
洳原) - 창불대(唱佛臺) - 영신사(靈神寺)

　　　　• 8/18일 : 영신사 - 영신봉(靈神峯) -〈한신계곡〉-〈백무동〉- 실택리(實宅里) -
등구재(登龜岾) - 함양군 관아

저자 : 김종직(金宗直, 1431-1492)

자는 계온(季昷) · 효관(孝盥), 호는 점필재(佔畢齋)이며, 본관은 선산(善山)이다. 성
균관 사예(司藝)를 지낸 김숙자(金叔滋)의 아들이다. 1431년 6월 경상남도 밀양(密
陽)에서 태어났다. 그의 집안은 대대로 경상도 선산(善山)에서 살았으나, 부친 김숙
자가 밀양 박씨(密陽朴氏)와 혼인하면서 밀양에 살게 되었다.

1446년(16세) 과거시험에 응시하여 낙방하였으나, 그때 지은 「백암부(白巖賦)」가 임
금의 마음에 들어 영산현(靈山縣) 훈도(訓導)에 임명되었다. 1453년(23세) 성균관에
서 수학하였고, 1458년(29세) 문과에 급제하여 승문원 권지부정자(權知副正字)에 제
수되었다. 이후 승문원 박사 · 이조 좌랑 · 홍문관 수찬 등을 거쳐, 40세에는 함양군
수(咸陽郡守)로 나아갔다. 이때 훗날 무오사화의 원인이 된 유자광(柳子光)의 글을
불태웠다.

1472년 두류산을 유람하고 「유두류록(遊頭流錄)」을 지었다. 함양군수로 재직 시 일
두(一蠹) 정여창(鄭汝昌)과 한훤당(寒暄堂) 김굉필(金宏弼)이 찾아와 수학하였는데,
이들은 조선전기 사림파의 도학을 본격적으로 연 인물이다. 1476년(46세) 모친 공양
을 위해 선산부사(善山府使)가 되었다. 이후 양준(楊浚) · 홍유손(洪裕孫) · 김일손
(金馹孫) 등이 찾아와 수학하였다. 53세 때 승지(承旨)에 오른 뒤 이조 참판 · 예문관

제학·병조 참판·공조 참판 등을 지냈다. 56세 때 왕명으로『동국여지승람(東國輿地勝覽)』을 편찬하였다. 1498년 무오사화로 부관참시를 당하였고, 1507년(중종 2) 신원되었다. 처음 문충(文忠)이란 시호가 내렸으나 이듬해 문간(文簡)으로 바뀌었고, 1708년 다시 문충(文忠)으로 바꾸어 내렸다.

김종직은 고려 말 정몽주(鄭夢周)·길재(吉再)의 학통을 이어 받은 부친 김숙자에게 가학을 전수받아 영남학파(嶺南學派)의 종조(宗祖)가 되었고, 절의(節義)를 중요시하는 조선시대 도학의 정맥을 이어가는 중추적 구실을 하였다. 그의 사상은 제자인 김굉필·정여창·김일손·유호인·조위 등에게 이어졌다. 특히 김굉필의 제자 조광조(趙光祖)에게 학통이 계승되면서, 그는 사림파의 정신적 지주가 되었다.

저술로『점필재집』외에『청구풍아(青丘風雅)』등이 있으며, 편저로『동국여지승람』·『일선지(一善誌)』·『이존록(彛存錄)』등이 있다.

이제 이 산이
내 발아래에 있으니

황준량의 방장산유록

이제 이 산이 내 발아래에 있으니

황준량黃俊良의 방장산유록方丈山遊錄

○용유담¹에서 동년 유자옥²과 함께 길을 가며 龍遊潭 與兪同年子玉 偕行

시냇물에 복사꽃 떠가는 온 골짝은 봄날이라　　流水桃花滿洞春

유령과 완적³처럼 나란히 진경을 찾아가네.　　聯裾劉阮共尋眞

용유담에서 여의주를 소매에 모두 넣어 가니　　潭邊袖盡驪珠去

신이한 교룡에게 알려 내게 성내지 말게 하길.　　爲報神蛟莫我嗔

---

1 용유담(龍游潭) : 현 경상남도 함양군 휴천면 송전리 엄천강의 한 구역으로, 협곡에 만들어
　진 깊은 못이다.

2 유자옥(兪子玉) : 자옥은 자(字)인데, 이름은 자세치 않다.

3 유령(劉伶)과 완적(阮籍) : 중국 진(晉)나라 때 죽림칠현(竹林七賢)에 속한 문인들이다.

○ 군자사동[4] 君子寺洞

한 시내가 웅장한 두 협곡 사이로 흘러가니	一水中開兩峽雄
깊은 산 속의 물색은 바로 봄날의 풍모로세.	深山物色正春風
신령한 근원까지 문득 꽃을 찾아 온 나그네	靈源忽到尋花客
선계에서 약초 캐는 노인을 만날 수 있을 듯.	玉洞疑逢採藥翁
여기저기 기이한 암석은 병풍 그림보다 낫고	錯落奇巖勝畫幛
맑은 못의 깊은 구멍엔 신령한 용이 숨은 듯.	泓澄深竇隱神龍
청산이 티끌세상의 내 꿈을 빼앗아간 듯하니	靑山如奪紅塵夢
소부나 허유[5]와 잘 사귀어 자취를 감추리라.	好結巢由此秘蹤

○ 금화암[6] 金華巖

소나무와 삼나무가 어우러진 한 오솔길	一徑松杉合
그늘이 하도 깊어 해가 벌써 졌나 했네.	陰深訝日曛
이곳은 나무꾼도 찾지 않는 깊숙한 곳	樵夫不到處

---

4 군자사동(君子寺洞) : 군자사는 현 경상남도 함양군 마천면에 있던 신라시대 사찰이고, 그 주위를 군자사동이라 불렀다.

5 소부(巢父)나 허유(許由) : 요(堯) 임금 때 천하를 거절하고 기산(箕山)에 숨어 살았던 은 자들이다. 요 임금이 허유에게 임금 자리를 맡으라고 하자, 그는 더러운 말을 들었다며 귀를 씻었다. 소부는 허유가 귀를 씻은 물이 더럽다고 송아지를 상류로 끌고 가서 물을 먹였다고 한다.

6 금화암(金華巖) : 지리산 제석봉에서 천왕봉으로 오르는 석문 앞의 바위를 말한다.

날다람쥐 저희끼리 무리지어 살고 있네.　　　　鼯鼠自成羣

돌다리에는 흙이라곤 전혀 보이지 않고　　　　石磴專無地

산봉우리 반쯤은 구름 속에 덮여 있네.　　　　山顔半帶雲

길게 읊조림을 아직 끝내지 않았는데　　　　長吟猶未了

슬픈 잔나비 소리 건너 숲에서 들리네.　　　　哀猱隔林聞

○ 천왕봉 天王峯

-두 수이다. 또 '감(感)' 자를 얻어 지었다. 二首 又得感字

두류산 정상에 날아가듯 올라서니　　　　飛鳥頭流頂

맑은 숲에 이슬이 저절로 떨어지네.　　　　晴林露自零

아득한 바다가 하늘 밖에서 다하고　　　　滄溟天外盡

은하수는 눈앞에서 선명히 보이네.　　　　銀漢眼前明

해와 달이 뜨고 지는 것이 보이고　　　　日月升沉見

시내와 산은 원근이 모두 평평하네.　　　　溪山遠近平

바람 쏘이며 크게 읊조리고 싶지만　　　　臨風欲大嘯

도리어 옥황상제 놀랄까 두렵구나.　　　　還怕玉皇驚

또 한 수 又

하늘로 치솟은 천왕봉을 지팡이 짚고 오르니　　　　凌天高冢倚孤筇

문득 시원한 바람 불어와 소매에 가득하구나.　　　　忽有泠然滿袖風

둘러보니 구름 덮인 산 어느 곳이 끝이런가　　　一望雲山何所極
사방으로 맺혀서 웅장한 이 산이 되었도다.　　　四方融結此爲雄
동쪽에서 해가 솟아 안개 낀 바다를 비추고　　　東隅日出光蒸海
남극성이 비치어 하늘을 채색으로 물들였네.　　南極星臨彩映空
　　-세상에 전하기로는 '남극성이 이 산에서 보인다.'고 한다. 世傳極星臨此山
더 높게 보이던 봉우리 얼마나 우러렀던가.　　幾向彌高勞仰止
이제 와서 오르니 가슴이 시원하게 트이네.　　今來登岸盪心胸

또 한 수 又

두류산에서 유독 천왕봉만이　　　頭流獨天王
우뚝 솟아 푸른 연꽃 봉오리네.　　挺拔靑菡萏
천지가 혼돈에서 나누어진 뒤　　天地割鴻濛
음양이 명암을 변하게 하였네.　　陰陽變舒慘
산과 물은 다투는 듯 조아리고　　湖山爭拱揖
구름과 노을 자욱하게 서렸네.　　雲霞積藹晻
며칠 동안 푸른 기운 우러르고　　數日仰翠微
원숭이와 다투듯 용감히 걸었네.　　飛猱步爭敢
이제 이 산이 발아래에 있으니　　今來懸屐底
빙설이 간담에서 생겨나는 듯.　　冰雪生肝膽
원기가 옛부터 지금까지 서리어　　元氣自古今
빼어난 풍광을 다 모아놓았네.　　秀色盡迎攬

눈을 들어 푸른 하늘을 바라보고　　　　　高觀入靑霄
고개 숙여 깊은 계곡을 굽어보네.　　　　　幽矚窮玄坎
사당7이 높은 꼭대기에 걸려있어　　　　　神廟挿危巓
사나운 회오리바람에 흔들릴 듯.　　　　　橫飇欲掀撼
무너진 벽에는 청색 홍색 칠하였고　　　　敗壁畫靑紅
부서진 판자엔 검은 빛이 얼룩덜룩.　　　　毀板墨濃淡
동남쪽으론 큰 바다 맞닿아 있는데　　　　東南際巨海
짙은 운무가 검은 바다를 뒤덮었네.　　　　昏霧籠暗黮
곤어8와 붕새가 바닷물을 쳐올리니　　　　鯤鵬自盪擊
일월이 이에 밝았다 어두웠다 하네.　　　　日月此明暗
땅의 신이 천왕봉만 두텁게 쌓았으니　　　坤靈偏積厚
조물주는 응당 유감스러움 있으리라.　　　造物應有憾
사지처럼 이리저리 갈라지고 찢어진　　　　破裂分股肢
크고 작은 봉우리를 보자니 어지럽네.　　　小大迷觀覽
우활한 나는 실로 홀로 치우친 사람　　　　迂儒實孤僻
반평생 글을 읽고 지을 줄만 알았네.　　　　半生守鉛槧
정상에서 한 번 날아가고픈 이 기분　　　　絶頂一飛揚
아름다운 그 맛 올리브를 맛보는 듯.　　　　佳味嘗橄欖

---

7 사당 : 지리산 천왕봉 꼭대기에 있던 성모사(聖母祠)를 가리킨다.
8 곤어(鯤魚) : 전설 속 큰 물고기로, 변하여 붕새가 된다고 한다.

만 리 먼 곳까지 다 볼 수는 없기에   難窮萬里眼
흥취가 다하자 도리어 감회가 이네.   興盡還生感

○ 향적사⁹ 香積寺

적막한 산 속 옛 절은 고요한데   古寺空山靜
승려는 없고 구름이 반쯤 가렸네.   無僧雲半扃
성근 비에 석양빛이 언뜻 비추고   斜光踈雨照
해질녘에 가을 기온 싸늘해졌네.   秋氣晚凉生
황폐한 절간에 쇠잔한 중만 남아   荒殿留殘衲
찬 샘물을 깨진 단지에 길어오네.   寒泉倒破瓶
외진 곳을 찾는 나를 위로하는 듯   幽尋如慰我
외로운 탑이 풍경소리로 말을 거네.   孤塔語風鈴

○ 창불대¹⁰ 唱佛臺

청산에는 뭉게구름 층층이 일어나고   靑山起層雲

---

9 향적사(香積寺) : 지리산 제석봉 남쪽에 있던 절이다.
10 창불대(唱佛臺) : 김종직의 「유두류록(遊頭流錄)」에 의하면, 세석평전 뒤 영신봉 밑에
   영신사가 있었는데, 영신사 앞에 창불대가 있고, 뒤에 좌고대가 있다고 한다.

깊은 골엔 세찬 물이 쏟아져 흐르네.	嵌竇瀉急瀨
오솔길 따라서 깊은 곳에 들어가니	一徑入窈窕
비취빛 차가운 기운 자욱이 서렸네.	寒翠飛晻藹
태초에 절로 만들어진 대가 있는데	有臺自天成
허공 위로 우뚝하게 솟아 있구나.	聳立出空外
넓은 바다는 술잔 속의 물인 듯하고	滄溟擬盂潦
겹겹의 산줄기는 조나 회[11]처럼 작네.	積皺如曹鄶
아득히 멀어서 잘 보이지도 않는데	眼盡杳不窮
산의 기운은 여기서 서로 모였다네.	山氣此交會
천왕봉은 상대할 다른 산이 없나니	天王自無對
우리나라에서 가장 높고 우뚝하구나.	高絶靑丘最
바위 앞에 펼쳐진 천 길의 절벽은	巖前千丈壁
수묵화를 새로 그려놓았나 의아했네.	水墨訝新繪
눈과 얼음 속에선 꽃나무들 꿈틀대고	冰雪蟄花木
운무 속에선 솔과 전나무가 고생하네.	嵐霧困松檜
가벼운 바람이 옷소매를 흩날리는데	輕風動衣袂
학이 마침 날개짓하며 날아오르는 듯.	鶴羽時翽翽
배설물을 보아 영양이 사는 줄 알겠고	遺矢認羚羊

---

11 조(曹)나 회(鄶) : 중국 춘추시대 때 작은 나라의 이름이다. 여기서는 산맥이 뻗은 것이
겹겹의 주름처럼 보이는데, 그 사이의 땅이 매우 조그맣게 보인다는 말이다.

서대¹² 비슷한 약초도 자생하고 있네.   有草類書帶

산에 올라 세속의 찌든 마음 씻어내고   登臨盪塵胸

맑게 읊조리니 신령한 소리 일어나네.   淸嘯起靈籟

관중¹³처럼 국량이 작아 부끄러우나   自慙管仲小

백이¹⁴처럼 속 좁은 것도 싫어한다네.   猶嫌伯夷隘

굽어보며 인간세상 비천함을 탄식하고   俯歎人寰卑

천지가 얼마나 큰지는 믿지 못하겠네.   未信天地大

호방한 흥취 일어 나는 신선을 따르고   逸興躡飛仙

시상을 떠올리다 구름에 흠뻑 젖었네.   吟思濕靑靄

누차 부르는 소리는 승려가 날 찾는 것   累號自緇流

승려들 황당하고 어리석은 말을 하였네.   胡僧語荒昧

고금에 이곳을 찾은 이 몇이나 되는지   遊人幾今古

옛일을 생각하니 수심을 어쩔 수 없네.   懷舊愁無奈

뜬 구름 같은 인생 여유 있게 살아야지   浮生足優游

길흉을 뉘라서 미리 알 수가 있겠는가.   吉凶誰卜蔡

---

12 서대(書帶) : 한(漢)나라 정현(鄭玄)이 불기산(不其山) 기슭에서 후학을 가르칠 때 자라났다는 풀인데, 줄기가 부추처럼 길고 질겨 책을 묶는 띠로 사용하였다고 한다.

13 관중(管仲) : 춘추시대 제(齊)나라의 재상으로, 공자가 그를 평하면서 "관중의 그릇은 작구나."[管仲之器 小哉]라고 하였다. 『논어(論語)』「팔일(八佾)」 참조.

14 백이(伯夷) : 중국 상(商)나라 말기의 고죽국(孤竹國) 왕자로서 주(周)나라 무왕(武王)에게 무력으로 주왕(紂王)을 정벌하지 말라고 간하다가, 받아들여지지 않자 수양산에 들어가 고사리만 캐 먹고 살았다. 맹자가 그를 평하면서 "백이는 국량이 좁다."[伯夷隘]고 하였다. 『맹자(孟子)』「만장 하(萬章下)」 참조.

○ **청학동¹⁵** 靑鶴洞

저 아래 보이는 신선이 사는 청학동	望裏仙區是
바위 봉우리가 회계산¹⁶과도 같구나.	巖巒似會稽
시냇물 콸콸 흘러 온 골짝엔 가을이요	溪翻秋滿壑
솔에 해가 지니 학이 깃들 곳을 찾네.	松暝鶴尋棲
소매 펄럭이는 바람이 아래서 부는데	振袂風斯下
진경으로 가는 길은 미혹하기만 하네.	尋眞路不迷
고상한 분¹⁷은 어디쯤에 살고 계신지	高人在何許
흰 잔나비 우는 소리 부질없이 들리네.	空聽白猿啼

또 한 수 又

구름 낀 하늘로 신선 태운 학이 훌쩍 날아가니	飄然仙鶴出雲霄
그 화려한 문채 천추에 봉황 깃털 본 것 같네.	文彩千秋見鳳毛
화표주¹⁸만 달빛에 밝고 혼은 돌아오지 않아	華表月明魂不返

---

15 청학동(靑鶴洞) : 현 경상남도 하동군 화개면 불일폭포 주위를 말한다.

16 회계산(會稽山) : 중국 절강성(浙江省)에 있는 산 이름. 왕희지(王羲之)의 난정(蘭亭)이 회계산 밑에 있어서 우리나라 사람들에 경치 좋은 곳으로 널리 알려지게 되었다.

17 고상한 분 : 신선이 되어 지리산 청학동에 살고 있다고 전해지는 고운(孤雲) 최치원(崔致遠)을 가리킨다.

18 화표주(華表柱) : 요동(遼東) 사람 정령위(丁令威)가 학이 되어 갔다가 천 년 뒤에 고향으로 돌아와 보니, 다른 것은 다 변하고 이정표인 화표주만 덩그러니 서 있었다고 한다.

차가운 솔에 바람 일어 밤이 더욱 쓸쓸하구나.   寒松風起夜蕭蕭

　　-이는 고운을 생각한 것이다. 憶孤雲

○ 심진동 尋眞洞

석 잔 술에 호방한 기운 발동하여   三盃豪氣發

하늘 끝에서 나는 듯이 내려왔네.   飛下碧雲端

세찬 여울의 시끄러움도 멈추었고   急瀨喧猶住

한가한 꽃은 피었다가 홀로 진다네.   閑花笑獨還

몸을 가볍게 세상 밖으로 벗어나서   輕身超世外

고개 돌려 인간세상을 뒤돌아보네.   回首望人寰

해질 녘에 운무와 노을이 자욱한데   正帶烟霞晚

서성이며 읊어도 흥이 다하지 않네.   行吟興未闌

○ 성천뢰에게 답하다 答成天賚

　　-당시 함양군수 성몽열(成夢說) 공이 편지를 보내 산행을 문안하기에 장난삼아
　　그에게 답하였다. 時天嶺守成公夢說 以書問行 戲答之

천 봉우리 중 제일 높은 상봉에 기대서서   來倚千峯第一頭

하루살이 같은 인간세상을 바라보며 웃네.   笑看寰海等蜉蝣

그래도 이곳 경치 얼마쯤은 놔두고 가야지   聊將物色分留去

시선에게 훗날 유람하도록 남겨줘야 하리.　　　　　　寄與詩仙後日遊

○ 법행상인에게 주다 贈法行上人

-나를 따라 천왕봉에 오르는 길을 안내하였다. 隨我 指行于天王峯

금대암에선 한밤중 종소리 함께 들었고	共聽金臺半夜鐘
소나무에서 울던 청학 울음도 들었었지.	數聲靑鶴叫疎松
삼천세계의 아름다운 풍월을 다 읊었고	吟窮風月三千界
일만 겹의 연하를 모두 밟고 다녔었네.	踏盡烟霞一萬重
물외 세상에 인연 있어 함께 다녔는데	物外有緣聯杖屨
인간세상 고락에는 별로 뜻이 없었네.	人間無意較窮通
가을 깊어 풍악산 단풍이 비단 같거든	秋深楓岳紅如錦
봉래산 제일 높은 봉우리 함께 밟아보세.	更躡蓬萊最上峯

-가을이 되면 함께 금강산을 유람하기로 약속했기 때문에 이렇게 말하였다.
秋來 約訪金剛 故及之

○ 황중거[19]의 「방장산유록」에 쓰다[20] 題黃仲擧方丈山遊錄

신선 사는 방장산은 인간세상 아닌데　　　　　　方丈仙山非世間

---

19 황중거 : 중거(仲擧)는 황준량의 자이다.
20 황중거의……쓰다 : 이 시는 퇴계(退溪) 이황(李滉)이 황준량의 「방장산유록」에 쓴 것이다.

진시황과 한무제 부질없이 사모하였네.　　　秦皇徒慕漢空憐
단약 얻어 신선이 될 인연은 없었으니　　　不緣變化因丹藥
연무 낀 신선세계 날아오를 수 있으랴.　　　那得飛昇出紫烟
감격하고 탄식하며 청학동을 서성였고　　　感慨躊躇靑鶴洞
한가로이 붕새 나는 천상을 유람했네.　　　逍遙遊戱大鵬天
반평생 배운 공부 시험하지 못했는데　　　半生未試囊中法
다행히 이 글로 정신적 유람 즐겼다네.　　　猶幸神遊託巨編

○ 엄천촌 嚴川村

함양에서 꼭두새벽에 길을 떠나서는　　　天嶺凌晨發
엄천에서 물길 따라 서쪽으로 가네.　　　嚴川逐水西
여기저기 봉우리들 가는 곳마다 좋고　　　亂山隨處好
그윽한 길은 냇가를 벗어나 희미하네.　　　幽逕去邊迷
오래된 바위에는 푸른 넝쿨 덮여 있고　　　石老蒼藤合
깊은 숲속에선 괴이한 새가 울어대네.　　　林深怪鳥啼
풍광이 다투어 눈길 따라 일어나니　　　風光爭觸撥
이곳의 맑은 풍경 노래하지 않으랴.　　　淸景可無題

○ 영신사 靈神寺

구름 뚫고 날아갈 듯한 사찰 법당　　　出雲飛寶閣

알 수 없는 소리로 울어대는 풍경.	難律奏風琴
이끼를 긁어내 비문을 연이어 읽고	剔蘚連碑讀
창을 열고 대나무 곁에서 읊조리네.	開窓近竹吟
산속은 어둑어둑 비 내릴 징조인데	山昏藏雨氣
샘물이 맑아 사람 마음까지 비추네.	泉淨照人心
백족화상²¹은 응당 나를 싫어하리라	白足應嫌我
뜰 이끼에 난 신발자국 깊기도 하네.	庭苔印屐深

작품
개관

출전 : 『금계집(錦溪集)』 권1, 「방장산유록(方丈山遊錄)」

시기 : 1545년 4월

동행 : 유자옥(兪子玉)·법행상인(法行上人) 등 8-9명

일정 : 함양 - 학사루(學士樓) - 엄천(嚴川) - 용유담(龍游潭) - 군자사(君子寺) - 백무
동 - 촛대봉 - 삼신봉 - 연하봉 - 제석봉 - 금화대(金華臺) - 통천문(通天門) - 천왕봉 -
낙성대(落星臺) - 세석(細石) - 영신사(靈神寺) - 백무동 - 함양

---

21 백족화상(白足和尙) : 중국 후진(後晉) 때 구마라습의 제자 담시(曇始)를 말한다. 그는
발이 얼굴보다 희었고, 맨발로 진흙을 밟아도 더럽혀지지 않아서 백족화상이라 불렀다고
한다.

저자 : 황준량(黃俊良, 1517-1563)

자는 중거(仲擧), 호는 금계(錦溪), 본관은 평해(平海)이다. 퇴계(退溪) 이황(李滉, 1501-1570)의 문인이다. 21세 때 생원시에 합격하였고, 24세 때 문과에 급제하여 성균관 학유(成均館學諭)를 거쳐 성주 훈도(星州訓導)가 되었다. 1542년 다시 성균관 학유가 되었다가 1545년 상주향교 교수로 나아갔으니, 대개 교육기관에서 근무하였음을 알 수 있다. 1545년 4월 파직된 뒤 고향으로 내려갔다가, 곧장 함양으로 가서 유자옥 등과 함께 지리산을 유람하였다. 그는 이 유람에서 「방장산유록」 외에도 장편시 「유두류산기행편(遊頭流山紀行篇)」을 남겼다.

1548년 공조 좌랑에 이어 호조 좌랑으로 전직되어 춘추관 기사관을 겸했으며, 『중종실록』・『인종실록』 편찬에 참여하였다. 35세인 1551년 승문원 검교가 되었으나, 언관의 모함이 있자 외직을 자청해 신녕현감(新寧縣監)에 부임하였다. 당시 전임 현감의 부채를 해결하고 부채문권(負債文券)을 태워버렸으며, 교육 진흥에 힘써 백학서원(白鶴書院)을 창설하는 등 많은 치적을 남겼다. 41세(1557) 때 단양군수를, 44세(1560)에는 성주 목사(星州牧使)에 부임하는 등 주로 외직으로 나가 지방의 학문 진작에 공헌하였다. 저술로 『금계집』이 있다.

이 산에 오르지 않았다면
항아리 속 초파리 신세 되었으리

유몽인의 두류록 (1)

이 산에 오르지 않았다면
항아리 속 초파리 신세 되었으리

유몽인柳夢寅의 두류록頭流錄 (1)

○ 재간당¹의 시에 차운하다 次在澗堂韻

공무를 돌보다 몸을 빼내 마음껏 명승을 찾으니	朱墨抽身恣討幽
나그네 회포 쓸쓸함이 소슬한 가을 만난 듯하네.	客懷憀慄當三秋
황정경을 잘못 읽은 것 후회할 필요가 없으리니²	黃庭誤讀不須悔
지상으로 귀양 와서 오히려 방장산을 유람하네.	謫下猶來方丈遊

---

1 재간당(在澗堂) : 현 전라북도 남원시 산동면 목동리에 있던 진사 김화(金澕)의 당호(堂號)
이다.
2 황정경을……없으니 : 천상의 신선이 도교 경전인『황정경(黃庭經)』을 잘못 읽어 지상으
로 귀양을 왔다고 한다. 여기서는 유몽인이 조정에 있다가 남원부사로 좌천된 것을 은근히
빗대어 말하였다.

미친 듯이 매화를 꺾자 시냇가로 길이 열리네　　狂折村梅傍水開
내 짚신 발로 푸른 이끼 밟는 것 꾸짖지 마오.　　莫嗔雙屐破青苔
옛날엔 파리한 참마가 놀라 자빠질 뻔했는데　　他日羸驂驚欲倒
복사꽃이 거울처럼 맑은 시내로 떠내려 오네.　　桃花流水鏡中來

○ 삼첩체³로 앞 시의 운자를 거꾸로 써서 짓다 三疊體倒前韻

복사꽃이 거울처럼 맑은 시냇물에 떠내려 오고　　桃花流水鏡中來
부슬부슬 봄비 내려 푸른 이끼 윤기 나게 하네.　　春雨濛濛潤碧苔
특별히 높다란 노랫소리에 산속 바위 쩌렁쩌렁　　別有高歌山石裂
횃불을 들고 둘러보니 바위틈에 꽃이 피었구나.　　燭花須對礀花開

○ 수용암 水舂巖

찔레꽃이 활짝 피고 팥배나무꽃은 시들하니　　刺桐開盡野棠殘
바위에 나무 우거져 푸른 그림자 서늘하네.　　巖樹初敷翠影寒
나뭇잎 뒤의 뽀송한 털에 예쁜 새를 숨겼고　　隔葉錦毛藏好鳥

---

3 삼첩체(三疊體) : 절구(絶句) 4구 중 3구의 운자(韻字)를 그대로 써서 짓는 방식을 말한다.
　원래 왕유(王維)의 「송원이사안서(送元二使安西)」의 제1구만 제외하고 나머지 3구를 모
　두 재창하는 것을 삼첩이라 한다.

침상의 거문고 여운 애절한 여울소리인 듯.　　　　殷床琴韻瀉哀湍

아이들은 아비를 따라 시와 예를 숭상하고　　　　兒隨郎罷敦詩禮

부녀자는 시부모 섬겨 잔과 소반 정결하네.　　　　婦事尊章淨盞盤

무슨 일로 용성⁴에서 부절을 차고 늙을소냐　　　　何事龍城佩竹老

일평생 분주히 말안장 위에서 보내는구나.　　　　一生接屑寄征鞍

○수레를 내려 시냇가에서 쉬다 下車 憩溪上

시냇가에 말을 매고 의자에 걸터앉으니　　　　溪邊繫馬踞胡床

한 구역의 봄빛이 눈에 가득 아름답구나.　　　　一搭春光滿眼芳

칡넝쿨 잎들은 점점 양지로 뻗어 나가고　　　　葛葉漸於陽處展

고사리 싹은 불탄 자리에서 두루 자라네.　　　　蕨芽徧向燒痕長

꽃을 보며 내려가니 지팡이를 끌 만한데　　　　看花到底堪携杖

물가에 무슨 인연으로 집 한 채 짓겠나.　　　　傍水何因穩結庄

신령스런 창이 없어 서산에 해 기우니⁵　　　　未許神戈西日轉

시를 짓자마자 나그네길 바삐 떠난다네.　　　　新詩才就客行忙

---

4 용성(龍城) : 현 전라북도 남원의 옛 이름이다.

5 신령스런……기우니 : 중국 전국시대(戰國時代) 노 양공(魯陽公)이 한(韓)나라와 전쟁을
　　하던 중 해가 서쪽으로 기울자 창을 휘둘러 태양을 90리 밖으로 물러나게 했다는 전설을
　　인용하였다. 『회남자(淮南子)』 「남명훈(覽冥訓)」 참조.

○ 백장사⁶에 들어가다 入百丈寺

구불구불 산을 돌아 백팔 굽이 다한 곳에	蛇路縈山百八窮
겹겹의 푸른 노송나무 절간 주위 울창하네.	千重蒼檜翳琳宮
손님 맞는 승려들의 가사와 장삼 깨끗하고	諸僧迓客雲衣潔
단상에 모신 부처는 화려한 채색이 진하네.	巨塑蹲床寶彩濃
가사 걸친 물고기⁷ 부처의 환영인줄 알겠고	魚着袈裟知佛幻
봉우리처럼 우뚝한 부도 선사 솜씨 놀랍네.	峰尖峷堵訝禪工
편안히 두건 벗고 부들자리에 드러누우니	敦然露頂蒲團臥
문득 세상 향한 온갖 상념 다 사라지누나.	頓向人間萬慮空

○ 황계⁸를 지나는 도중에 黃溪途中

어젯밤에는 봄바람이 밤새도록 불더니만	昨夜東風九十終
산신령이 일이 많아 봄을 보내기 게으르네.	山靈多事餞春慵
새 단장한 숲의 잎들 막 신록으로 물들고	粧林新葉初舒綠

---

6 백장사 : 현 전라북도 남원시 산내면에 위치한 실상사(實相寺)의 부속 암자이다.

7 물고기 : 유몽인의 「유두류산록(遊頭流山錄)」에 '정룡암(頂龍菴) 앞의 시내 못에 사는 물고기는 조각조각 기워 만든 가사 같은 모양의 비늘이 있다고 해서 가사어(袈裟魚)라 부른다'는 내용이 보인다.

8 황계(黃溪) : 유몽인은 백장사에서 묵은 뒤 산내면 장항리를 경우하여 뱀사골 계곡으로 들어갔다가 다시 영원암으로 올라갔다. 이런 노정에 의하면, 황계는 뱀사골에서 동쪽으로 흐르는 시내를 가리키는 듯하다.

바위를 수놓았던 시든 꽃들 아직도 붉구나.　　　　繡石殘花尙貯紅
그윽하고 향그런 난초 엮어 허리춤에 차고　　　　且綴幽蘭供佩纕
길 가다 큰 대 찾아 시 담을 통을 마련하네.　　　行尋巨竹辦詩筒
온 동네 소슬하니 근원이 다한 곳에 이르러　　　一村蕭瑟窮源處
진나라 피해 사는 무릉도원 목동에게 묻네.⁹　　千載秦餘問牧童

○ 흑담¹⁰ 黑潭

천 봉우리 일제히 솟아 장대하게 우뚝하고　　　　千峰齊聳鬱嵯峩
수억 길의 높은 녹나무가 햇빛을 가렸구나.　　　億丈高枏碍日華
푸른 시내엔 누가 백석을 널어놓게 했는지　　　碧澗誰令漫白石
푸른 이끼 깔린 곳에 붉은 꽃이 낭자하네.　　　蒼苔仍復藉紅花
주먹만큼 살찐 고사리 접시에 올릴 만하니　　　如拳肥蕨猶堪豆
도장 찍은 듯한 문양의 물고기 잡지 말게.　　　通印文魚且莫叉
쇠 피리 한 곡조에 산죽이 찢어질 듯하고　　　鐵笛一聲山竹裂
하늘의 신선들 너울너울 춤을 추는 듯하네.　　諸天仙侶舞傞傞

9　진나라……묻네 : 유몽인의 「유두루산록」에, 백장사에서 내려와 황계를 거쳐 영대촌(嬴代
　　村)을 지나는데 무릉도원과 같았다고 하였다. '영(嬴)'은 진(秦)나라의 성(姓)으로, 영대
　　(嬴代)는 진나라 시대를 말한다. 그러므로 영대촌은 '진나라의 학정을 피해 숨어 사는
　　사람들의 마을'이라는 뜻이다.
10　흑담(黑潭) : 유몽인의 「유두류산록」에, '영대촌을 지나 가파른 협곡으로 들어갔는데 큰
　　돌이 널려 있었고, 그곳이 흑담'이라고 하였다.

내 다리 저리고 시리며 목덜미도 뻐근하고   吾股酸哀吾胚勞

눈과 마음 모두 쓸쓸하여 처량하기만 하네.   眼和心地共蕭騷

높은 강물 요란하고 뭇 봉우리는 성대하며   高江霆鬪群巒殷

진귀한 나무 무성하여 온갖 소리 들려오네.   珍木陰繁萬吹嘷

오늘 참된 부처의 세계를 마음껏 둘러보니   此日恣探眞佛界

일생의 허튼 번뇌 작은 티끌처럼 소란하네.   一生虛惱軟塵囂

구름옷 입고 노을 먹으면 그로써 족하리니   雲衣霞餐從此足

맹세코 수령 인장 풀어 문서 밖으로 던지리.   誓解銀章券外抛

○ 내원[11] 內院

신선세계의 삼십 개 동천[12] 넓기도 하구나   仙家三十洞天寬

비취빛 잣나무 짙은 그늘 대낮에도 서늘하네.   翠柏陰深白日寒

몇 줄기 세찬 시냇물은 흰 천을 빨아 넌 듯   幾道飛流拖匹練

겹겹의 우뚝한 바위들 절 난간을 빙 둘렀네.   萬重危石繞雕欄

구름 속에서 땔나무한 승려 승복이 젖었는데   樵僧穿靄衲衣濕

꽃을 밟고 유람한 나그네는 짚신이 멀쩡하네.   遊子踏花芒屩殷

---

11 내원(內院) : 현 전라북도 남원시 산내면 내령 근처에 있던 절인 듯하다.

12 삼십……동천 : 선가(仙家)에는 36개 동천과 72개 복지(福地)가 있다고 하는데, 36곳의
빼어난 동네를 가리킨다. 여기서는 큰 수로써 '30개'라 쓴 듯하다.

새 한 마리 울지 않는 봄날은 길기만 하고　　　一鳥不鳴春晝永

목어 소리에 부들자리는 고요하기만 할 뿐.　　　木魚聲裏靜蒲團

○ 정룡암[13]에서 묵다 宿頂龍菴

이 암자의 겹겹 기둥 울창한 숲에 우뚝한데　　　蓮社重楹拔蔚藍

수천 개의 옥 봉우리가 뜬 이내 속에 잠겼네.　　　玉岑千穎入浮嵐

세존이 살아 있다면 응당 와서 머물 터이니　　　世尊如在應來住

제석[14]이 아무리 높아도 그 밑에서 참석하리.　　　帝釋雖高亦下參

골짜기 폭포 요란하여 자던 용이 놀라 깨고　　　洞瀑闐雷龍睡警

소나무엔 둥근 달 걸리고 학은 단잠에 빠졌네.　　　壇松篩月鶴眠酣

맑은 밤 북두성 자루 첨벙거리는 소리 들려서　　　淸宵斗柄聞伊軋

일어나 매무새 다듬고 손 모아 세 번 절하네.　　　起整霞衣拜手三

○ 대암[15]에서 소리 내어 읊다 臺巖口占

방장산 진경 찾으니 멀다고 어찌 피곤하리오　　　尋眞方丈遠何勞

---

13 정룡암(頂龍菴) : 현 전라북도 남원시 산내면 부운리 뱀사골 입구 근처에 있던 암자인
　　듯하다.

14 제석(帝釋) : 불법을 보호하는 수호신을 가리킨다.

15 대암(臺巖) : 유몽인의 「유두류산록」에 의하면 '정룡암 앞에 큰 시내가 있는데 그 곁 낭떠

구름 속으로 오르니 한 걸음씩 더 높아지네.	雲路登登逐步高
대암 등지고 서성이니 흰 꽃술 많기도 하고	躑躅背巖多白藥
잣을 까서 먹는 건 날다람쥐나 청설모일세.	鼯鼪食柏或靑毛
소선[16]이 시 한 수 읊자 나무들이 진동하고	蘇仙一嘯千林震
장로[17]의 긴 바람소리 온 골짝에 부르짖네.	莊老長風萬竅號
도를 들은 가사어[18]는 병혈[19]에 숨어버렸고	聞道嘉魚潛丙穴
날리는 눈인 듯 뛰어 오르는 은어가 보이네.	且看飛雪落銀刀

○ 와곡[20] 臥谷

찬 둥지에 함께 한 학 옥 단지 속에서 자고 있고	寒巢同鶴玉龕眠
날랜 걸음으로 쫓는 원숭이들 철벽을 기어오르네.	飛脚追猱鐵壁緣
높다란 고개 서늘하고 맑은데 아침해는 쇠잔하고	嶺峻凄淸朝日瘦

러지에 있는 바위'라고 하였다. 그 아래 시퍼렇게 보이는 못이 있으며, 그 못에 가사어(袈裟魚)가 산다고 하였다.

16 소선(蘇仙) : 신선의 풍골이 있던 송나라 때 문장가 소식(蘇軾)을 말한다.

17 장로(莊老) : 장자(莊子)와 노자(老子)를 가리키는 듯하다.

18 가사어(袈裟魚) : 지리산 계곡에 특히 많이 사는 물고기로, 승려의 가사와 비슷한 문양을 하고 붙여진 이름이라고 한다.

19 병혈(丙穴) : 중국 면수(沔水) 남쪽 병혈에서 사는 물고기를 병혈어라고 하는데, 이 고사를 차용해 쓴 것이다.

20 와곡(臥谷) : 현 전라북도 남원시 산내면 부운리 뱀사골 입구 와운마을을 가리키는 듯하다.

그늘에서 불던 바람 오후에는 정상에서 불어오네.　　樾深颸颸晚風顚
솜을 누빈 옷들이 너무 얇아 겹겹으로 껴입었고　　裝綿衣薄重褸束
빈 뱃속에 기운을 들이키니 양 겨드랑이 솟구치네.　　噓氣腸空兩腋騫
문득 골짜기 이름에 아름다운 의미 있음 깨달으니　　忽悟洞名佳意在
구름 위에 누워서 천 년을 보낸다 한들 어떠하리.　　不妨雲臥度天年

○ 영원암²¹을 향하다 向靈源庵

그 누가 부지런히 이 대나무를 심었나　　　　　何人勤種竹
불을 때지 않아도 저절로 연기가 나네.　　　　　不爨自生烟
부러진 소나무는 계곡에 드러누워 있고　　　　　朽骨松顚墊
뾰족한 정상에는 바위가 하늘을 찌를 듯.　　　　尖頭石刺天
이끼 낀 길을 가니 승려의 신발 미끄럽고　　　　苔行僧屧滑
등나무 위에 앉으니 나그네 옷을 찌르네.　　　　藤坐客衣穿
고사리 뜯어다 시냇가에서 밥을 해 먹고　　　　　采蕨溪邊飯
띠풀 우거진 한 봉우리로 재촉해 오르네.　　　　催登茅一巓

---

21 영원암(靈源庵) : 현 경상남도 함양군 마천리 삼정리의 영원사를 가리킨다.

○ 영원사에 투숙하다 投靈源寺

돌고 돌아 향기를 찾아 나선 이번 유람 길   繚繞尋芳路
시내를 따라가다 다시 언덕을 넘기도 했네.   沿溪復越陵
바위가 열린 곳엔 저절로 집을 이루었는데   巖開自成广
소나무 곧게 뻗었으니 어찌 노끈을 썼으리.   松直孰施繩
시를 짓는 일은 내 벗들과 함께 하였지만   詩卷同吾友
남여를 타는 것은 승려들에게 의지했다네.   藍輿仗爾僧
이제 천왕봉이 그리 멀리 있지 않을 텐데   天王峰不遠
오히려 흰 구름이 겹겹이 가로막고 있네.   猶隔白雲層

가물가물 아득히 보이는 저 영원사여   迢遞靈源寺
수평으로 보면 온 골짜기 중 으뜸이리.   平臨萬壑宗
층층의 박달나무가 목수를 불러들여서   階檀棲木客
부처님 공양을 못 속 용에게 보시하네.   佛飯施潭龍
산 위에 바람 부니 나뭇잎이 펄럭이고   山吹翻高葉
시내에 구름 끼어 먼 봉우리에 닿았네.   溪雲接遠峯
절 방에서 묵는 것도 나쁠 것이 없으나   不妨眠丈室
꺼리는 건 봄을 완상하는 데 게으른 것.   嫌却賞春慵

○ 원정동[22] 圓正洞

사흘 동안이나 남여를 타고 다녔으니	三日藍輿上
나의 유람은 정말 제 때에 하는 것이라.	吾遊正及時
바위틈의 꽃들이 가는 곳마다 가로 막고	巖花行處礙
죽순이 새로 돋아나 피해 가며 걸어가네.	篁笋踏來披
푸른 봉우리로 오르고 또 올라 읊조리며	碧嶺登登嘯
맑은 시내를 굽이굽이 지나며 시를 짓네.	淸溪曲曲詩
무릉도원은 진정 어느 곳에나 있을런지	武陵何所在
지저귀는 저 산새들은 응당 알고 있겠지.	山鳥爾應知

○ 두류암[23] 頭流菴

텅 빈 절벽은 긴 비단을 드리운 듯하고	虛壁脩縑幬
맑은 햇빛은 부서진 바위를 꿰맨 듯하네.[24]	淸光碎石縫
흐르는 물소리는 푸른 대통으로 들려오고	傳聲通翠筧

---

22 원정동(圓正洞) : 현 경상남도 함양군 마천면 창원리 원정마을을 가리킨다. 마천에서 휴
   천면으로 내려가다 용유담 조금 못 미친 지점에 있다.
23 두류암(頭流菴) : 현 경상남도 함양군 휴천면 송전리 마적동 위에 있던 암자이다. 유몽인
   의 「유두류산록」에는 이 암자 위에 대가 있다고 하였는데, 아마도 송대(松臺)인 듯하다.
24 텅……듯하네 : 유몽인의 「유두류산록」에 의하면 '두류암 북쪽의 대에 올라 정남쪽을 바
   라보니, 바위 사이로 폭포가 있다'고 하였다. 이 시의 앞 두 구는 그 폭포를 묘사한 듯하다.

날리는 물방울은 봄기운을 차갑게 하네.　　　飛注作寒春

두 그루 잣나무 서쪽 승방 가에서 늙었고　　　雙柏西僧老

층층의 법단은 북두성인 듯 우뚝하구나.　　　層壇北斗封

긴 바람이 불어와서 온갖 소리 일으키니　　　長風生萬籟

깊이 성찰하며 앞산 봉우리에 기대 섰네.　　　深省寄前峰

○ 밤에 읊다 夜吟

소나무 사이로 달빛이 가늘게 비추는데　　　松漏蟾光細

창가에 다가서니 두견새 슬피 울어대네.　　　當窓謝豹啼

바람소리 물소리가 베갯머리 흔들어대고　　　風泉掀夜枕

승려들 석경 소리 구름 골짜기로 퍼지네.　　　僧磬落雲谿

내 발자취가 속세에서 멀리 떨어져 있어　　　跡遠紅塵路

잠자리는 백학이 깃드는 곳과 이웃했네.　　　眠分白鶴棲

내일 아침에는 신선세계에 들어서리니　　　明朝參紫府

푸른 절벽에 어찌하여 사다리가 없으리.　　　靑壁豈無梯

○ 천왕봉을 향하다 向天王峰

맑은 새벽 경옥가루로 잠시 요기를 하고서　　　瓊糜淸曉乍憭飢

갖옷 입고 재촉해서 비 오는 계곡을 나서네.　　　催進重裘出壑霏

바위가 위로 솟구쳐서 구름이 갓을 씌운 듯	老石朝天雲作冠
긴 삼나무에 눈이 내려 새순이 옷을 입은 듯.	脩杉凌雪蘇成衣
숲을 헤치느라 애썼더니 정신이 지치려 하고	穿林怐愗魂將魘
높이 오르느라 달렸더니 몸이 날아가려 하네.	陟巘翩翩體欲飛
세상 사람들 말로는 매우[25]가 내린 후에라야	聞道人間梅雨後
천왕봉에 핀 백초 향기 비로소 시든다 했지.	峰頭白草始芳菲

○ 소년대[26]에 오르다 登少年臺

만고토록 숨어서 자란 높다란 나무들	萬古昂藏樹
가지에 매달려 얽혀있는 늙은 등나무.	懸梢冒老藤
늦봄에야 겨우 돋아나는 연한 나뭇잎	三春慳嫩葉
유월에도 여전히 남아있는 견고한 얼음.	六月逗堅氷
가파른 벼랑에선 정신이 자주 아찔했고	陟絶魂頻斷
위태로운 대에선 땅이 솟구치는 듯했네.	臺危地欲騰
일찍이 서늘바람 만 리에서 불어왔으니	曾飇來萬里
이제부턴 볼록한 봉우리 만만히 보리라.	從此傲陽陵

---

25 매우(梅雨) : 매화가 피는 시기에 내리는 장맛비를 말한다.

26 소년대(少年臺) : 지리산 동부 능산 쑥밭재에서 하봉으로 오르는 중간에 있는 영랑재 옆
   의 높다란 바위를 말한다. 신라시대 화랑들이 심신을 수련하던 곳으로 알려져 있다.

○ 절구[27] 絶句

산 밑엔 꽃이 지는데 산 위엔 눈이 남았고　　　　　山下花殘山上雪
산 밑엔 홑옷을 입는데 산 위엔 갖옷 입네.　　　　下山絺綌上山裘
하나의 산인데 기후가 이처럼 같지 않으니　　　　一山氣候不齊處
하루 동안 내 두 계절을 함께 맛보며 노네.　　　　一日吾兼兩節遊

○ **천왕봉에 오르다** 登天王峰

녹나무가 말라 죽어 반쯤은 가지가 없고　　　　　崇楠枯死半無枝
태초의 얼음 서리는 바위틈에 그대로네.　　　　　太始氷霜貯石巇
황학은 날아가서 둘러봐도 보이지 않고　　　　　黃鶴奮翎望不及
청려장에 불을 붙여 날아가듯 올라가네.[28]　　　青藜遺火去如飛
화산・숭산[29]은 앉아서 뭇 봉우리 위무하는 듯　華嵩坐撫諸孫頂
하수・한수는 멀리서 작은 물줄기 거느리는 듯.　河漢遙橫一尺絲

---

27 절구 : 이 시는 4구의 절구라는 의미로, 제목이 없이 지은 것이다.

28 청려장에……올라가네 : 청려장(靑藜杖)은 청려나무로 만든 지팡이로, 흔히 '지팡이'를 가리킨다. 한나라 때 유향(劉向)이 천록각(天祿閣)에서 밤늦게까지 연구에 몰두하였는데, 어느 날 밤 태을지정(太乙之精)을 자처하는 황의노인(黃衣老人)이 나타나 청려장 끝에 불을 붙여 방안을 환히 밝힌 다음, 『홍범오행(洪範五行)』 등 고대의 글을 전수해 주었다고 한다. 유향이 청려장 끝의 밝은 불 때문에 이치를 통달했듯이, 유몽인 자신도 청려장 끝에 힘을 실어 날듯이 천왕봉에 오른다는 의미인 듯하다.

29 화산・숭산 : 화산(華山)은 중국 오악(五嶽) 중 서악(西嶽)이고, 숭산(嵩山)은 중악(中嶽)에 해당한다.

공자께선 공연히 천하를 작다고 하셨지[30]　　　尼父謾談天下小
내 올라보니 땅은 없고 연무만 자욱하네.　　　我看無地但烟霏

○ 향적암[31] 香積菴

우뚝하게 드높은 두류산 천왕봉 꼭대기에　　　魁傑王峰上
신령스런 사당이 조개껍질처럼 붙어 있네.　　　靈祠蠔甲黏
털이 난 신선이 깃털 일산을 씌워놓은 듯　　　毛人歆羽蓋
기화요초를 대바구니에 캐서 담아놓은 듯.　　　瑤草擷筠籃
오래된 잣나무는 속이 모두 텅텅 비었고　　　柏老心俱空
기이한 바위는 대머리처럼 반질반질하네.　　　巖奇髮盡髡
언젠가 그 용이 그 골짜기를 벗어나오면　　　有時龍出洞
그 은택이 강남 땅에 가득 미치게 되리.　　　雲雨滿江南

○ 의신암[32] 義神菴

굽이굽이 도는 길엔 지팡이를 짚을 만해　　　回回曲曲杖堪植

---

30 공자께선……하셨지 : 『맹자』「진심 상(盡心上)」에서 공자가 '동산에 오르니 노나라가 작게 보이고, 태산에 오르니 천하가 작게 보인다'[登東山而小魯國 登泰山而小天下]라고 한 것을 가리킨다.

31 향적암(香積菴) : 현 제석봉 남사면에 있었던 향적사를 말한다.

32 의신암(義神菴) : 현 경상남도 하동군 화개면 대성리 의신마을에 있던 절이다.

산 넘고 물 건너니 시를 지을 만하구나.	水水山山詩可題
맞이하는 새 있으니 왕모[33]가 가까운 듯	有鳥迎人王母邇
떠오는 복사꽃 없어 무릉도원을 헤매네.	無花逐水武陵迷
울의[34]가 햇빛 거둬서 나무가 어둑하고	鬱儀收彩昏蒼木
사광[35]이 남긴 소리 시냇물에 맡겨뒀네.	師曠留音寄碧溪
내 방장산 은미한 곳에 오지 않았더라면	吾若不來方丈隱
일평생 항아리 속 초파리 신세 되었으리.	一生甕裏卽醯鷄

○ 홍류동[36]에서 성 상인[37]의 시에 차운하다 紅流洞 次性上人韻

구름은 객을 보내고 홀로 산에 남았는데	白雲送客留在山

---

33 왕모(王母) : 낮에 내려오는 새. 두보(杜甫)의 「현도단가기원일인(玄都壇歌寄元逸人)」에 "자규는 밤에 울어 산죽이 찢어지고, 왕모는 낮에 내려와 깃발이 펄럭이네.[子規夜啼山竹 裂 王母晝下雲旗翻]"라고 하였다.

34 울의(鬱儀) : 고대 전설 속의 태양신을 말한다. 울화(鬱華)라고도 한다.

35 사광(師曠) : 춘추시대 진(晉)나라의 악사(樂師)로, 음을 잘 분변하였다고 한다. '광'은 그의 이름이다.

36 홍류동(紅流洞) : 유몽인의 「유두류산록」에 의하면, 의신사에서 신흥사로 내려가는 시내 계곡을 가리킨다. 이 홍류동의 이름에 대해서는 사영운(謝靈運)의 "돌층계에서 붉은 샘 물이 쏟아지네.[石磴射紅流]"라는 시구에서 취하였다고도 하고, 또는 이 시의 '홍천(紅 泉)'을 '단사(丹沙)' 구멍에서 나오는 것'이라는 의미로 '홍류'라 이름하여 '신선세계'의 뜻 으로 쓰였다고도 한다.

37 성 상인(性上人) : 조선중기 지리산의 대표적 선승(禪僧)이자 승병장인 각성(覺性, 1575- 1660)을 가리킨다. 법호는 벽암(碧巖)이다.

나그네는 구름 속에서 골짜기를 나오네.　　　　　　遊子辭雲出洞還
시냇물은 나그네 발길 따라 절로 흐르고　　　　　　流水自隨遊子去
흰 구름은 부질없이 도인 곁에 머무르네.　　　　　白雲空付道人閒

○ 화개동 花開洞

깊숙하고도 깊숙한 화개동이로다　　　　　　　　窈窕花開洞
두류산 온갖 골짝 흐르고 흐르네.　　　　　　　頭流萬壑傾
보이는 마을마다 대나무를 심어서　　　　　　有村皆種竹
족두리풀조차 자라날 땅이 없구나.　　　　　無地不生蘅
흰사슴은 아이들도 거느릴 만하고　　　　　白鹿兒能御
붉은 단사는 부녀자도 만들 수 있네.　　　　丹砂婦可營
허리춤에 한 길 되는 두 가지 인끈　　　　腰間丈二組
나에게는 터럭 한 올처럼 가볍다네.　　　　於我一毫輕

○ 쌍계사 雙溪寺

최 신선[38]은 이미 붉은 연하 타고서 떠나갔고　　崔仙已乘紫烟去

---

38 최 신선 : 신라 말의 최치원(崔致遠)을 말한다. 최선(崔仙) 또는 유선(儒仙)이라고도 한다.

시냇가엔 부질없이 쌍계석문 네 자만 남았네.	溪上空餘四字留
네 글자는 선명한데 최 신선은 이미 멀어졌고	四字分明仙已遠
푸른 시내 맑은 물만 무심하게 유유히 흐르네.	碧溪之水空悠悠
푸른 언덕엔 학이 울고 섬진강 물빛은 맑으며	蒼崖鶴吊蟾光淡
고찰에선 꾀꼬리 울고 나무 그늘 짙게 드렸네.	古寺鶯啼樹影稠
어디서 젓대 불고 노닐며 돌아오지 않는 건지	何處笙簫遊不返
맑은 밤 나그네 창가엔 자규새만 슬피 우누나.	客窓淸夜子規愁

○ 청학동 靑鶴洞

최 신선을 맞이하려 거문고를 안고 찾았는데	邀與崔仙抱琴至
나귀 타고 나무다리 건너 연하 속으로 떠났네.[39]	靑驢偕渡棧橋烟
경사진 바위는 짐짓 소나무 뿌리로 덮여 있고	欹巖故遣松根絡
묵은 나뭇잎은 온통 죽순을 솟아나오게 했네.	陳葉渾敎竹笋穿
천 년 전 돌아가 오지 않자 청학이 위로하고	千歲歸同雲鶴吊
한 구역 한가히 보는데 못의 용은 졸고 있네.	一區閑對洞龍眠
석문 앞을 오고 가도 보는 사람 하나 없으니	石門來去無人見

---

39 최 신선을……떠났네 : 이는 유몽인의 「유두류산록」에 보이는 비결서의 내용을 말하는
듯하다. 그 비결서에 의하면, 최치원이 푸른 당나귀를 타고 날아가듯이 독목교를 지났는
데, 강씨 집의 젊은이가 고삐를 잡고 만류하였지만 채찍을 휘둘러 돌아보지도 않고 가버
렸다고 하였다.

손수 하늘 띠[40] 풀어 아홉 길 못에 드리웠네.　　　　　手解天紳彈九淵

○ 골짜기를 나오다 出洞

사람들은 님과의 새로운 이별을 말들 하지　　　　人道佳人新別離
남아의 회포가 그보다 배나 더 처량하다네.　　　　男兒懷抱倍悽其
오늘 아침 골짝을 나와 두류산을 돌아보니　　　　今朝出洞頭流望
참으로 당 명황[41]이 양귀비와 이별하는 듯.　　　　眞似明皇別貴妃

○ 감회 感懷

나그네는 남쪽 유람에 끼니를 거르지 않아　　　　客子南遊餐飯加
봄바람에 돋아난 죽순 집집마다 얻어먹었네.　　　　春風篁筍自家家
사초 찾는 사슴은 조는 것이 한창 익숙하고　　　　鹿尋莎草眠方熟
버들꽃 먹은 물고기는 그 맛이 정말 좋다네.　　　　魚食楊花味正嘉
돌아가는 길 파초에 마음을 펼쳐 보여주었고　　　　歸去芭蕉心展在
늙은 소나무와 잣나무 그 빈 속을 어이할꼬.　　　　老來松柏腹空何

---

40 하늘 띠 : 불일폭포를 비유한 것이다.
41 당 명황 : 당나라 현종(玄宗)을 일컫는다. 시호가 지도대성대명효황제(至道大聖大明孝皇
　　帝)여서 후에 '명황'으로 불리었다.

눈앞에 가득 펼쳐진 방장산을 잠시 유람한 일　　滿前方丈須臾事
어찌 서산에서 고사리 먹고 산 분들⁴² 같으리.　　爭似西山採蕨芽

○ **산목행** 山木行

백두에서 흘러내린 산이 남쪽지방을 진압하여　　頭流之山鎭南紀
아홉 군에 걸쳐 있어 그 주위가 천 리나 되네.　　蔓延九郡周千里
뭇 봉우리 우뚝 솟아 여러 골짝과 연접해 있고　　群峯挺拔衆壑連
비단처럼 얽힌 산맥 흩어져서 어디로 뻗었는지.　　綺錯脉散何邐迤
경이롭고 아름다운 나무들 기록할 수도 없는데　　畏佳樹木不可記
높고 낮은 곳을 뒤덮어 서로 모여 솟기도 했네.　　羃歷高下相攢萃
어떤 나무는 크게 자라 구름 속 견우성을 가리고　　或大能蔽垂雲牛
어떤 나무는 움푹하여 바다에 뜬 배를 만들고　　或窾能刳橫海舟
어떤 나무는 곧게 뻗어 아방궁 기둥을 만들고　　或竪能作阿房柱
어떤 나무는 평평하여 명당의 마룻대를 만드네.　　或衡能造明堂桴
어떤 나무는 쪼개져 해마다 옻칠한 술잔이 되기도　　或剖能合歲漆桮
어떤 나무는 곧아서 나는 듯한 서까래를 만들고　　或直能截飛翬桷

---

42 고사리……분들 : 서산(西山)은 수양산(首陽山)을 가리킨다. 주무왕(周武王)이 무력으로
　상나라 주왕(紂王)을 정벌하자 수양산에 들어가 고사리를 캐먹고 산 백이(伯夷)와 숙제
　(叔弟)를 일컫는다. 후대에 이들을 '서산의 사내[西山夫]' 또는 '서산에서 굶어죽은 사내
　[西山餓夫]'라 불렀다.

어떤 나무는 길어서 선방의 재목으로 제격이고　　　或長能中禪房材

어떤 나무는 가늘어 원숭이 매는 말뚝 만들겠네.　　或細能辦猿狙杙

어떤 나무는 무성하게 뻗어서 백 이랑을 덮겠고　　或能扶踈芘百畝

어떤 나무는 넓게 펼쳐져 천 글자라도 쓰겠네.　　或能布濩聯千字

어떤 나무는 위로 불쑥 뻗어 하늘 높이 솟구치고　　或能上聳干雲霄

어떤 나무는 아래로 굽어 문간처럼 생기기도 했네.　或能下屈成門戶

어떤 나무는 가는 줄기 뽑혀 뭇 나무에 의지했고　　或纖莖擢依衆林

어떤 나무는 늙어 속이 빈 채 오랜 세월 지내기도.　或老中空歷千古

어떤 나무는 이끼 낀 모습이 수염 같기도 하고　　　或垂苔蘚如毛髮

어떤 나무는 등넝쿨 휘감아 가는 끈과도 같네.　　　或蟠藤蘿如纖組

어떤 나무는 중간이 꺾여 늙은 난장이가 웅크린 듯　或中折如老矮蹲

어떤 나무는 사방에 퍼져 도끼로 쪼개 놓은 듯.　　或四披如斧析分

어떤 나무는 우레 맞고 꺾여 산산조각 부서졌고　　或霹靂摧百片裂

어떤 나무는 다 소멸해 전체가 불타기도 했네.　　或攦磨消全體焚

어떤 나무는 곁가지 없이 높은 산처럼 서 있기도　　或無枝騈立高嶽

어떤 나무는 뻗은 뿌리 없어 절벽에 눕기도 했네.　或無根僵臥絶壑

어떤 나무는 견고한 껍질 없어 골격이 조각한 듯　　或無皮堅骨如鏤

어떤 나무는 잎 없는 마른 가지 창처럼 뾰족하네.　或無葉枯枝如戟

어떤 나무는 만 길 솟아 높은 봉우리와 나란하고　　或拔萬丈齊高峰

어떤 나무는 천년토록 채 한 자도 자라지 못했네.　或經千年不盈尺

어떤 나무는 비옥한 땅에서 타고난 영화를 누리고　或托沃腴終天榮

어떤 나무는 척박한 자갈밭에서 일생 파리하기도.　或依瘠确一生瘦

어떤 나무는 구불구불 서리어 쇠갈구리 같고	或有屈盤如鐵鉤
어떤 나무는 울퉁불퉁 혹이 난 듯도 하다네.	或有癭腫如瘦瘤
어떤 나무는 꿈틀꿈틀 용이 머리를 치켜든 듯	或有夭矯如龍驤
어떤 나무는 움찔움찔 봉황새가 날아오르는 듯.	或有騫翥如鳳翔
어떤 나무는 뾰족하여 사람 얼굴을 찌르기도	或有尖尖刺人面
어떤 나무는 구부러져 사람 옷자락을 잡아당기네.	或有曲曲牽人裳
어떤 나무는 혈혈단신 의지할 데 없이 홀로 섰고	或有孑孑無倚傍
어떤 나무는 빽빽이 자라 무리지어 있기도 하네.	或有森森爲朋黨
어떤 나무는 고개 숙인 아름다운 열매를 맺었고	或有離離美實垂
어떤 나무는 빛나는 예쁜 꽃을 피우기도 했네.	或有灼灼佳葩放
어떤 나무는 질병을 낫게 하는 향기를 품었고	或療疴恙氣香馨
어떤 나무는 진액 가득 흘러 코를 취하게 하네.	或流液滿臭狂酲
어떤 나무는 땔감 되어 중간에 잘린 것도 있고	或被薪樵中札夭
어떤 나무는 벌레 먹어 반쯤 시든 것도 있네.	或侵蟲蟻半凋零
어떤 나무는 용과 뱀이 서식하는 굴이 되고	或爲龍蛇之窟窆
어떤 나무는 난새와 학이 깃든 둥지가 되었네.	或爲鸞鶴之巢窠
어떤 나무는 도깨비들 모여 사는 집이 되고	或爲魑魅之棲托
어떤 나무는 다람쥐들 숨어 사는 집이 되었네.	或爲鼯鼪之室家
어떤 나무는 비바람에 꺾이고 뽑혔으며	或爲風雨之折拔
어떤 나무는 운무와 연하에 덮여 있기도 하네.	或爲雲烟之膠臟
어떤 나무는 목공이 베어다 그릇을 만들고	或百工取而爲器
어떤 나무는 중간이 잘려 버려지기도 하였네.	或中溝斷而爲棄

어떤 나무는 절로 자라 절로 죽으니 누가 알리　　　或自生自死誰知

어떤 나무는 재도 되고 흙도 되지만 누가 알리.　　或爲灰爲土誰識

어떤 나무는 크게 자라 백부 숙부처럼 되고　　　或長養爲伯爲叔

어떤 나무는 그루터기에 자라 자손이 된다네.　　或孼芽爲孫爲子

백익[43]은 어떻게 자기 생을 완수할 수 있었을까?　伯益焉得遂其生

예수[44]는 어찌 자신을 수학으로 이름나게 했을까?　隸首安能數其名

지사천구의 금(金)은 서로 다투어 싸우고　　　　地四天九互摧戕

천일지육의 수(水)는 서로 생성을 하네.[45]　　　天一地六相生成

비취빛 나무 그림자에 그늘져 햇빛은 가렸는데　陰陰翠影日色翳

고요하고 상쾌한 기운은 산에서 맑게 불어오네.　肅肅爽氣山吹淸

울리는 신비한 바람소리 온 골짝에 울려 퍼지고　唱喁靈籟萬竅號

소슬하고 차가운 소리는 팔음[46]의 곡조로구나.　蕭瑟寒聲八音調

가을바람에 얼마나 많은 누런 잎이 시들었던가　秋風幾多黃葉萎

눈과 서리 내린 뒤에는 시든 송백이 아름답네.　霜雪之時嘉後凋

푸르른 시냇가에 비록 한 구역 터를 얻을지라도　蒼蒼澗底雖得地

---

43 백익(伯益) : 중국 순(舜) 임금과 우(禹) 임금의 신하이다. 우 임금이 왕위를 물려주려
　　하자 산골짜기로 도망을 쳤다.

44 예수(隸首) : 중국 고대 황제(黃帝) 때 산수와 도량형을 처음 만든 사람이다.

45 지사천구(地四天九)의……하네 : 이 두 구는 지수(地數) 4와 천수(天數) 9는 오행의 금
　　(金)으로 서로 다투는 성질이 있고, 천수 1과 지수 6의 수(水)는 서로 생성해 주는 성질이
　　있음을 말한 것으로, 음양오행이 상생상극하면서 만물을 생성소멸하는 이치를 말하였다.

46 팔음(八音) : 금(金)·석(石)·사(絲)·죽(竹)·포(匏)·토(土)·혁(革)·목(木)의 소재
　　로 만든 여덟 종류의 악기로, 고대 악기를 통칭하는 말이다.

어찌 저 높디높은 천왕봉 정상에 비할 수 있으리.　　焉比天王峰頂高

높은 정상은 가물가물하고 사람은 쉬이 늙으리니　　頂高冥冥易衰朽

이제야 바야흐로 군자의 고달픈 삶을 알 것 같네.　　然後方知君子苦

어떻게 하면 저 높고도 밝은 천왕봉과 벗이 되어　　安得取作高明麗

만세토록 끝내 쓰러지지 않을 큰집 될 수 있을까.　　萬世大廈終不仆

작품
개관

출전: 『어우집(於于集)』권2, 「두류록(頭流錄)」

일시: 1611년 3월 29일 – 4월 8일 (8박 9일)

동행: 유영순(柳永詢), 김화(金澕), 신상연(申尙淵), 신제(申濟) 및 종 등

관련 유람록: 「유두류산록(遊頭流山錄)」

일정: •3/29일 : 남원부 관아 - 재간당(在澗堂) - 반암(磻巖) - 운봉 황산(荒山) 비전
　　　　　　(碑殿) - 인월(引月) - 백장사(百丈寺)

　　　　•4/1일 : 백장사 - 황계(黃溪) - 영대촌(嬴代村) - 흑담(黑潭) - 환희령(歡喜嶺)
　　　　　　- 내원(內院) - 정룡암(頂龍菴)

　　　　•4/2일 : 정룡암 - 월락동(月落洞) - 황혼동(黃昏洞) - 와곡(臥谷) - 갈월령(葛越
　　　　　　嶺) - 영원암(靈源菴) - 장정동(長亭洞) - 실덕리 - 군자사(君子寺)

　　　　•4/3일 : 군자사 - 의탄촌(義呑村) - 원정동(圓正洞) - 용유담 - 마적암(馬跡庵)
　　　　　　- 두류암(頭流菴)

　　　　•4/4일 : 두류암 - 옹암(甕巖) - 청이당(淸夷堂) - 영랑대(永郞臺) - 소년대 - 천
　　　　　　왕봉 - 향적암(香積菴)

　　　　•4/5일 : 향적암 - 영신암(靈神菴) - 의신사(義神寺)

- 4/6일 : 의신사-홍류동(紅流洞)-신흥사-만월암(滿月巖)-여공대(呂公臺)
  -쌍계사(雙磎寺)
- 4/7일 : 쌍계사-불일암-화개동-섬진강-와룡정(臥龍亭)-남원 남창(南倉)
- 4/8일 : 남창-숙성령(肅星嶺)-남원부 관아

저자 : 유몽인(柳夢寅, 1559-1623)

자는 응문(應文), 호는 어우당(於于堂)·간재(艮齋)·묵호자(默好子)이고, 본관은 고흥(高興)이다. 1559년 11월 한양의 명례방(明禮坊)에서 태어났다. 13세 때 송승희 (宋承禧)·김현성(金玄成)에게 수학하였고, 15세에는 처고모부인 성혼(成渾)과 신호 (申濩)의 문하에서 배웠다. 그리고 서울 근교의 삼각산·청계산 등에서 독서하였다. 24세 때 사마시에 합격하였다. 성균관에 들어가 공부하면서 이정귀(李廷龜)와 교유 하였다. 31세 때인 1589년 증광시 문과에 장원급제하였다. 이듬해 예문관 검열이 되 고, 강원도 도사로 나아갔다. 그해 강원도 관찰사 구사맹(具思孟)과 금강산을 유람 하였다. 이후 사간원 정원 및 홍문관 수찬 등을 역임하고, 질정관으로 중국에 다녀 왔다.

1592년 임진왜란이 일어나자 왕을 호종하여 의주까지 갔다. 이듬해 세자를 배종하여 남쪽 지방을 순시하였다. 1599년 모친상을 당하여 삼년상을 치룬 뒤 충청도 연산(連 山)에 우거하였다. 1603년 다시 벼슬길에 나아가 동부승지·대사성·도승지 등을 역임하였다.

1611년 남원부사로 부임하여 그해 봄에 지리산을 유람하였다. 이 유람에서「두류록」 외에도 유람록인「유두류산록(遊頭流山錄)」과 장편시「유두류백운(遊頭流百韻)」등 을 남겼다. 또한 같은 해에 사직하고 순천 조계산에 들어가 우거하였다. 1617년 인목 대비 폐비론이 일어났을 때, 수의(收議)에 가담하지 않았다는 이유로 탄핵을 받은 이후 벼슬길에서 물러나 여러 곳을 떠돌며 지냈다. 1623년 인조반정 이후 광해군의 복위 계획에 가담했다는 무고로 참형을 당하였다.

저술로 야담을 집성한『어우야담(於于野談)』과 시문집인『어우집』이 있다.

쏟아지는 하얀 폭포는
옥 병풍을 매달아놓은 듯

유몽인의 두류록 (2)

쏟아지는 하얀 폭포는
옥 병풍을 매달아놓은 듯

유몽인柳夢寅의 두류록頭流錄 (2)[1]

○ 반암[2]을 지나다 過反巖

가로지른 다리는 누워 물 마시는 무지개인 듯	架水橋如偃飮虹
계곡 가득한 신록 속에서 꽃이 지기도 했네.	漫谿軟綠間殘紅
물고기는 햇살을 피해 수초 밑으로 숨어들고	游魚避日依蘋藻
놀란 새는 사람을 스치며 젖은 풀잎 떨구네.	驚鳥衝人擲灌叢
한평생 뻣뻣한 귀밑머리 바꾼 적 많지 않지만	百歲無多危鬢換

---

1 두류록(頭流錄) : 이는 유몽인의 『어우집(於于集)』 후집(後集) 권2에 수록되어 있다. 유람한 시기는 앞의 「두류록」과 동일한 1611년이다. 전집(前集)의 「두류록」에 빠진 시를 뒤에 수집하여 후집에 넣은 듯하다.
2 반암(反巖) : 유몽인의 「유두류산록」에는 "요천(蓼川)을 거슬러 올라 반암(磻巖)을 지났다."고 하였는데, 아마도 같은 곳인 듯하다.

늦봄 보내려니 즐기는 마음이 바쁘기만 하네.　　　三春欲餞賞心忽
나그네는 말 먹인다고 물 가 풀밭에 서 있고　　　征夫秣馬汀莎兀
분주히 달려가는 사람들은 이 늙은이와 같네.　　　幾箇奔忙似此翁

○ 황산대첩비 荒山大捷碑

내 이곳에서 황산대첩의 승전비를 읽고서야　　　我讀荒山大捷碑
왕업이 여기서 기초했음을 공손히 생각했네.　　　恭惟王業此爲基
비바람에 시달려도 글자는 마모되지 않았고　　　貞珉風雨字無泐
임진년에 피 흘린 혈암[3]은 신령의 예시였네.　　　汗血壬辰神有知
한 가닥 비릿한 기운 가을낙엽처럼 쓸어내니　　　一片腥氣秋葉掃
천 년의 상스러움을 오색구름처럼 드리웠네.　　　千年佳氣慶雲垂
길 가던 나그네 이 비석에 재배를 올리는데　　　□人再拜龜趺下
안개꽃은 끝이 없고 물가엔 푸른 물 흐르네.　　　無限烟花碧水湄

---

3 혈암(血巖) : 현 전라북도 남원시 인월면의 남천내에 있는 바위로, 고려 말 이성계가 일본
　　장수 아지발도(阿只拔都)가 이끄는 3천여 명의 왜구를 맞아 이곳에서 전투를 벌였는데,
　　이때 왜구가 흘린 피가 바위를 물들여 지금껏 붉다는 전설이다. 임진왜란이 발발하기 전에
　　도 붉게 물들었다고 전해진다.

○ 군자사로 향하다 向君子寺

그늘진 골짝에는 처량한 바람이 불어오고	陰谷悲風合
가파른 언덕엔 오솔길이 굽이굽이 나 있네.	懸厓細路縈
봄이 되어 나그네에게 상춘을 재촉하는데	乘春催客賞
험한 길을 지나오다가 산행에 지쳐버렸네.	歷險倦山行
비취빛 노송나무는 어둑어둑하게 울창하고	翠檜冥冥處
푸른 구름은 산에서 뭉게뭉게 피어오르네.	靑雲冉冉生
앞에 보이는 봉우리는 비를 잔뜩 머금었고	前峯多雨意
꽃길 따라 가는 대지팡이는 가볍기만 하네.	花外竹筇輕

○ 절구 한 수를 지어 용유담에 던지다[4] 題一絶 投龍游潭

성모사[5] 앞에는 바위만으로 마을을 만들더니[6]	聖母祠前專石洞
천왕봉 밑에서는 파신[7]에게 일을 시키는구나.	天王峰下役波臣

---

4 절구……던지다 : 유몽인의 「유두류산록」에 의하면, 용유담에 이르러 못 속에 용이 산다는 세인의 말을 시험해 보고자 시를 지어 용유담에 던졌다. 그러자 절벽의 굴속에서 이상한 기운이 모락모락 피어나더니 우레 같은 소리와 번개 같은 빛이 일어났다고 한다.

5 성모사(聖母祠) : 성모는 지리산 천왕봉 언저리에 있던 여신상(女神像)이고, 이를 안치한 집을 일컫는다. 천왕봉을 유람한 이들의 숙소로 활용되곤 하였다.

6 성모사……만들더니 : 석동(石洞)은 바위로 이루어진 동네라는 뜻이다. 유몽인의 「유두류산록」에 의하면, 원근의 무당들이 이 성모에게 의지해 먹고사는데 사철 찾아오는 백성들이 많았다고 한다. 여기서는 마치 마을처럼 많이 모여든다는 의미이다.

인간세상에 어찌 주평만[8] 같은 이가 없으리오　　　　　人間豈少朱泙漫

연못에 깊이 잠겨 옥 비늘을 거두고 있으리라.　　　　　宜沕重淵戢玉鱗

○용유담 2수 龍游潭 二首

백 길의 오래된 용추는 밑도 없이 시퍼렇고　　　　　老湫百丈黝無底

병풍을 두른 듯한 협곡은 넝쿨로 덮여 있네.　　　　　蒼峽擁屛蘿薜封

용이 옥을 움킨 바위에는 손톱자국이 남았고　　　　　龍攫玉巖爪有跡

흰 물결 뿜는 우레 같은 소리 귀전을 때리네.　　　　　雷轟雪浪耳渾聾

평평한 바위의 갈대와 쑥 여의주인 듯 빛나고　　　　　葦蕭鍛石驪珠烱

사방에 갈대를 쌓고 장정을 겹겹이 배치했네.　　　　　蘆荻縈紜素甲重

큰 갈고리로 백마를 미끼 삼아 낚으려 하니　　　　　欲把大鉤餌白馬

온 산에 우박 내리고 강풍에 소나무 부러지네.　　　　　滿山飛雹風摧松

우뚝한 천 봉우리는 푸른 하늘에 아첨하는 듯　　　　　崒嵂千峰媚碧霄

---

7 파신(波臣):『장자(莊子)』「외물(外物)」에 나오는 '학철부어(涸轍鮒魚)'의 고사에서 붕어
가 자신을 지칭한 말로, 여기서는 '고단하고 옹색하게 관직 생활을 하는 작자 자신'을 지칭
하고 있다.

8 주평만(朱泙漫):『장자』「열어구(列禦寇)」에 "주평만이 지리익(支離益)에게 용을 잡는
기술을 배우면서 천 금의 가산을 모두 탕진하였는데, 3년 만에 기술을 완전히 터득했으나
써 먹을 곳이 없었다."고 하였다. 여기서는 '용을 잡을 수 있는 재능을 가진 사람'을 가리
킨다.

산의 서쪽 골짜기들 모두 와서 조회하는구나.	山西衆壑揚來朝
소를 바치는 제사에 시골 무당춤 얼마나 보았나	刲牛幾見村巫舞
전하는 말에 범머리 던져 재앙을 없앤다 하네.	沉虎流傳災沴消
옥 항아리 새로 갈며 다투어 쏟아지는 저 물결	玉甕新磨奔浪戰
천을 짠 듯한 단풍나무 비취빛 그늘 드리웠네.	青楓如織翠陰稠
시를 못에 던져 잘못 신룡의 분노를 일으키니	投詩誤觸神龍怒
하늘에서 우레 치고 번갈아 우박이 쏟아지네.	霹靂轟天雨雹交

○ 두류암에서 승려 혜일에게 주고 수 선사(修禪師)에게도 보이다
頭流菴 贈慧日 兼示修師

선현들이 두류산 선경 찾아 나섰으니	先賢曾訪頭流境
그 길은 의탄촌 남쪽을 경유하였었지.	路由義呑村之南
내 이제 진경 찾아 두류산에 들어와서	我今尋眞入頭流
우연히 하룻밤을 두류암에서 묵었네.	偶然一宿頭流菴
두류암은 의탄 마을의 위쪽에 있으니	頭流菴在義呑上
내 산행이 마침 선현들의 유람과 같네.	我行適與先賢同
선현의 발자취를 내 따라갈 수 없지만	先賢之跡不可追
끌고 당기며 천왕봉에 오르려고 하였네.	攀躋欲上天王峯
학사가 시를 던져 용유담 신룡이 노하니	學士投詩潭龍怒
구름 일고 천둥 쳐서 비바람이 몰아쳤네.	雲雷□作風雨獰
산신령은 내가 마음껏 조망할 수 있도록	山靈借我快眺望

구름 걷어 한순간 대기를 청명하게 했네.	却掃雲翳俄清明
서늘한 바람 불고 상쾌한 소리 일어나	冷風颯颯爽籟發
나그네 회포는 늦가을인 듯 처량하네.	客懷憭慄如三秋
진달래꽃의 두견새는 어디에서 우는가	山花杜宇啼幾層
한밤중에 잠 못 이루고 수심에 잠기네.	令人半夜生閑愁
혜일이 은근하게 시를 지어 달라 하여	慧僧慇懃覓詩句
촛불 켜고 일어나서 억지로 지어 보네.	秉燭起坐强吟呻
시가 사람을 놀라게 하지 않으니……	詩不驚人□□焉
다시 만나 정이 서로 친하기 때문일세.	爲緣重見情相親
내일 아침 나는 석문으로 떠날 것이고	明朝我向石門去
선사는 두류산으로 운수행각 나서겠지.	師在頭流雲水間
선사는 강남 땅 늙은 태수 생각하리라	師憶江南老太守
조계에 가을달이 뜨면 혹 와서 보려나.	祖溪秋月倘來看

○ 성모사 聖母祠

위숙왕후(威肅王后)[9]가 아들 낳아 삼한을 통일하니	阿姑生子三韓統
웅장한 이 산에 제사하여 보답이 어긋나지 않았네.	廟食雄山報不差
노나라의 계씨(季氏)는 종래로 참람한 제사 많았지[10]	魯季從來多僭瀆

---

9 위숙왕후(威肅王后) : 고려 태조 왕건의 어머니이다.

진나라 언덕에서 누가 또 춤추는 무당을 찌르리.[11]　　陳邱誰復刺婆娑

삿된 기운 환영 불러 요사스러움 얼마나 심한가　　戚氛聘幻妖何甚

초나라 월나라는 귀신을 숭상해 아첨이 어떠했나.　　楚越崇神諂則那

비주의 상사(象祠)를 부순 건[12] 숭상할 일 아니나　　毁鼻象魂猶莫崇

무당을 하수에 빠뜨린 수령을 어찌 꾸짖었으랴.[13]　　沉巫河伯豈曾呵

이 산 남쪽 지방 진압하니 제사 등급이 높구나　　作鎭南維祭秩尊

아홉 읍이 주위에 나열하여 담장처럼 둘러있네.　　星羅九邑衛藩垣

뭇 산이 떠받드는 모습은 신하나 부인인 듯하고　　羣山奉向同臣妾

사방 바다의 바람과 운무가 한 눈에 들어오네.　　環海風烟入吐吞

왕의 어머니 모신 사당에 새로 철마를 두었으니　　王母祠新留鐵馬

시골 백성 소박한 정성 질그릇의 술이 깨끗하네.　　村民禮朴淨陶樽

한퇴지 또한 형산의 사당에서 기도를 올렸으니[14]　　退之亦禱衡山廟

---

10 노나라의……많았지 :『논어』「팔일(八佾)」에 계씨가 태산(泰山)에서 여(旅) 제사를 지내자, 공자가 예를 참람하게 한다고 비난하였다. 계씨는 노나라의 대부이다.

11 진나라……찌르리 : 이 역시 중국 고사를 인용한 듯하나 출처가 자세치 않다.

12 비주의……건 : 유종원(柳宗元)의 「훼비주상사기(毁鼻州象祠記)」에 보인다. 비주 사람들이 사당을 지어 놓고 코끼리에게 제사지내는 민간신앙을 미신으로 여겨 훼철한 일을 말한다.

13 무당을……꾸짖으리 : 중국 전국시대(戰國時代) 위(魏)나라 서문표(西門豹)가 업현(鄴縣) 수령으로 있을 때, 그 지방에서 하백(河伯)에게 부녀자를 바치는 미신을 보고서 그 폐단을 없애기 위해 무당을 강물에 빠뜨렸다고 한다.『사기(史記)』「골계열전(滑稽列傳)」에 보인다.

14 한퇴지……올렸으니 : 퇴지(退之)는 당나라 때 한유(韓愈)의 호이다. 한유가 중국 형산(衡

보답이 달리 없어도 짐짓 정성스럽게 기도하네.   報事無他故所敦

○ 사자봉¹⁵에 오르다 登獅子峯

아침해가 떠오르자 향적사를 떠나	朝旭辭香積
남여 타고서 큰 봉우리에 올라갔네.	籃輿上大堆
뗏목을 탄 듯 골짜기를 넘어 건넜고	浮槎凌壑渡
조그만 외다리로 허공을 건너 왔네.	略彴跨虛來
지팡이를 던지고 절벽을 기어올랐고	擲杖膺丹壁
바지 걷고 이끼 밟으며 걷기도 했네.	褰裳跣綠苔
깎아지른 비탈 따라 산길이 나 있고	絶巘緣作路
우뚝한 바위는 저절로 대가 되었네.	危石自成臺
얼음이 얼어서 가운데가 불룩해졌고	氷間腹猶厚
꽃가지엔 꽃망울이 피어나질 못했네.	花梢眼未開
개간한 밭엔 가는 자죽¹⁶이 돋아났고	成畦慈竹細

山)을 유람하면서 지은 「형악묘를 알현하고 마침내 악사에서 자며 문루에 쓰다[謁衡嶽廟
遂宿嶽寺 題門樓]」라는 시에 의하면, 이때 음기가 잔뜩 끼었기에 마음을 가라앉히고 기
도했더니 신이 감응해 날이 개었다고 하였다.

15 사자봉(獅子峯) : 유몽인의 「유두류산록」에 의하면, 사자봉은 지금의 촛대봉에 해당한다.

16 자죽(慈竹) : 대나무 이름으로, 의죽(義竹)·자효죽(慈孝竹)·자모죽(子母竹)이라고도
한다. 사계절 죽순이 나오고 새 대와 묵은 대가 빽빽하게 어우러져 노소가 서로 의지한
것 같다는 뜻으로 붙여진 이름이다.

가꾸는 이랑엔 늙은 삼나무 우뚝하네.　　　庇畝老杉魁
세 개의 산이 임금을 받들고 있는 듯　　　　三嶽承君長
뭇 봉우리는 어린아이를 위무하는 듯.　　　羣峯撫幼孩
삼백 리 주변 고을 마치 손바닥 같고　　　　州三百似掌
팔만 리 넓은 바다는 술잔과도 같네.　　　　海八萬如杯
천하가 어찌 이다지 작게 보이는지　　　　　天下看何小
내 인생이 참으로 애처로울 만하구나.　　　吾生信可哀
내 짚신은 아마도 닳을 일이 없었으리　　　青鞋不須胝
웅크리고 앉은 내 마음 재가 되었으니.　　　凝坐我心灰

○ 영신암에서 승려를 찾았으나 만나지 못하다 靈神菴 尋僧不遇

천상 세계에 연꽃 같은 푸른 봉이 솟았고　　諸天開出碧芙蓉
그림 같은 부처 세계엔 바위들이 여기저기.　活畫蓮庄亂石叢
텅 빈 불단에는 불경 없는 탁자와 향로 뿐　經案香爐空榻上
가사에 바랑 맨 승려 구름 속에서 묘연하네.　青縢白衲杳雲中
천 년 된 늙은 나무들 가꾼 듯 늘어서 있고　千年老樹羅如織
사월에도 산 속 꽃은 꽃받침조차 붉지 않네.　四月幽花蕚未紅
나그네 흥취 시흥에 끌려 샘솟듯 솟아나는데　客興牽詩狂似沸
또 다시 피리 불며 앞쪽의 봉우리로 향하네.　復吹長笛向前岑

○ 송산¹⁷의 시에 차운하다 次松山韻

팔만 사천 봉우리 우뚝하게 솟구친 곳	八萬四千聳
하늘과 땅이 정기 모아 만든 산이라네.	乾坤搏攬成
조개 무더기 같은 산에 절이 붙어 있고	蠔山蘭若附
양의 뿔처럼 빙빙 도는 산길은 굽이굽이.	羊角徑蹊縈
높은 곳에 오른 광기 오히려 후회되지만	陟巇狂猶悔
구름이 된다면 죽어서도 영광스러우리라.	爲雲死亦榮
내 걸어서 구경한 곳 머리 돌려 바라보니	回頭蠟屐處
은하수 근처에 백유성(白楡星)이 떴구나.	銀漢白楡生

○ 각성 상인¹⁸의 시에 차운하다 次覺性上人韻

옥피리 소리도 시들해진 천 길 절벽 내려오니	玉笛聲殘千尺壁
단청 칠한 작은 법당 앞에 여러 봉우리 있네.	小堂金碧亂峯前
봄바람에 지팡이 하나로 흰 구름 같은 승려가	春風一杖白雲衲

---

17 송산(松山) : 유영순(柳永詢, 1552-1630)의 호인 듯하다. 「유두류산록」에 의하면, 함께
   유람한 유영순이 쌍계사에서 유몽인과 작별하고 먼저 떠났는데, 유몽인이 그를 일러 '송
   산 영공(宋山令公)'이라 하였다.
18 각성 상인(覺性上人) : 조선중기 지리산의 선승(禪僧)이자 승병장이다. 자는 징원(澄圓),
   호는 벽암(碧巖)이며, 각성은 그의 법호이다. 지리산 쌍계사와 칠불암, 화엄사 중건에 공
   헌이 많았다.

손수 맑은 시를 지어서 이 골짜기로 찾아왔네. 　　　　手把淸詩來洞天

○ 의신암 승려 옥정의 시에 차운하다 次義神庵僧玉井韻

경제와 국방을 담당하는 건 나의 일이 아니니 　　　　錢穀甲兵非我事
시서를 읽으며 자연 속에서 남은 생애 보내리. 　　　　詩書烟月自生年
작은 고을 맡고 나니 그 영내에 방장산이 있어 　　　　雷封之內領方丈
일산 덮은 수레 타고 동쪽에 와 노선사 만났네. 　　　　芝盖東來參老禪
철벽 타고 허공에 매달린 청학동을 구경했고 　　　　鐵壁粘空靑鶴洞
누운 듯 옥무지개 드리운 홍류천[19]도 보았네. 　　　　玉虹偃飮紅流泉
긴 바람이 옷소매 날리어 삼색 구름 피어나고 　　　　長風吹袂靄雲上
하늘에 기대어 밑을 굽어보니 산꼭대기로구나. 　　　　倚天俯視山上顚

○ 못[20] 가에서 각성 상인의 시에 차운하다 潭上 次贈性上人

그대 어디 머물기에 구름이 뭉게뭉게 일어날까 　　　　君住何方雲複複

---

19 홍류천(紅流泉) : 의신사에서 신흥사로 내려가는 시내 계곡을 가리킨다. 「유두류산록」에서 유몽인은 이 홍류동의 이름에 대해 사영운(謝靈運)의 "돌층계에서 붉은 샘물이 쏟아지네.[石磴射紅流]"라는 시구에서 취하였다고 하고, 또는 이 시의 '홍천(紅泉)'을 '단사(丹沙) 구멍에서 나오는 것'이라는 의미로 '홍류'라 이름하여 '신선세계'의 뜻으로 쓰였다고도 하였다.
20 못 : 「유두류산록」에 의하면 홍류동에 기담(妓潭)이 있었다고 한다.

그대 마음 어디 있기에 물이 졸졸 대며 흐를까.　君心何有水空空
훗날 이 골짜기에 사슴 끄는 수레 타고 오리니　他年洞裏鹿車至
내가 그대 찾아서 떠돌아다닌 것이나 알아주게.　知我尋君雲水中

○ 신흥사 神興寺

지팡이 하나에 허름한 옷을 입은 나그네　　一杖荷衣客
온 산을 돌아다니며 승려에게 얻어먹었네.　千山稻衲僧
앉을 때는 소나무 밑의 바위를 나누었고　　坐分松下石
잘 적에는 법당 앞의 등불을 함께 하였네.　眠共佛前燈
기린과 학은 속세의 닭과 개를 보듯 하며　麟鶴看鷄犬
산수 유람엔 단지 짚신과 지팡이뿐이었네.　雲泉但屬篯
잠시 한중산(韓衆山)[21] 모임에 참석했으니　聊參韓衆契
방외세계라고 어찌 친할 만한 벗이 없으랴.　方外豈無朋

○ 여공대[22] 呂公臺

신록의 나무숲에 물소리 들리는 바위라　　樹色溪聲一石臺

---

21 한중산(韓衆山) : 신선들이 도를 닦던 산이다.
22 여공대(呂公臺) : 「유두류산록」에 의하면, 현 경상남도 하동군 화개면 범왕리 신흥교(新

청산에 해 저물도록 돌아갈 줄 모르네.　　　　　青山日仄不知廻

황홀함에 문득 내가 아님을 깨달았으니　　　　陶然忽覺吾非我

생각 없다고 어찌 고목사회[23]처럼 하리.　　　無慮何須更死灰

○ 쌍계석문 밑에서 청순[24]의 시권에 쓰다 雙溪石門之下 題淸純詩卷

푸른 단풍이 울창하고 시냇물 졸졸 흐르는데　　青楓漠漠水淙淙

옥피리 소리는 높고 온 골짝엔 바람이 부네.　玉笛聲高萬壑風

속세에서 산 반평생 무슨 일을 이루었는가　　塵世半生成底事

흰 구름 속 명승 유람 부질없이 저버렸네.　　勝遊虛負白雲中

○ 앞의 시에 차운하여 함께 유람한 송산[25] 영공이 먼저 남원부로 돌
　아가는 것을 받들어 작별하다 次前韻 奉別同遊松山令公先歸府

두류산 높은 봉우리 푸른 바다 위로 솟아나　　頭流山峀出蔚籃

　　興橋)에서 쌍계사로 내려가는 시내에 있던 바위를 가리킨다. 여타 유람록에는 보이지
　　않는데, 이름으로 미루어 보아 '여공(呂公: 姜太公)이 낚시하던 바위'라는 의미로 붙여진
　　이름인 듯하다.
23 고목사회(枯木死灰) : 불가(佛家)에서 쓰는 말로, 말라죽은 나무나 타고 남은 재처럼 아무
　　런 감정이 없는 경지를 가리킨다.
24 청순(淸純) : 어떤 사람의 자인 듯한데 자세치 않다.
25 송산(松山) : 유영순(柳永詢)의 호이다.

영남과 호남에 걸쳐서 두 지역 갈라놓았네.　　枕崤連湖迷二南

하늘에 닿을 듯한 팔만사천 개의 봉우리들　　穹窿八萬四千峯

울긋불긋 단청을 칠한 삼백칠십 개의 암자.　　丹靑三百七十菴

내 남원[26]에서 말머리를 동쪽으로 돌리니　　我從龍城馬首東

그대가 승주[27]에서 와서 수레를 함께 했네.　　君自昇州車軌同

봄바람 불어오고 우리 함께 유람을 떠나서　　春風結束騈行李

한가한 날 초연히 여러 봉우리에 올랐었지.　　暇日迢忽攀諸峯

계곡에 들어서니 서늘한 듯 햇빛이 맑았고　　入谷凄悲日色清

봉우리에 오르니 거센 바람 풍기도 사나웠지.　　陟嶺颷飀風氣獰

솔과 삼나무는 온갖 풍상에 시달려 누워있고　　松杉偃蹇萬霜飽

철쭉꽃이 찬란히 피어나 온 숲속이 명랑했네.　　躑躅照爛千林明

신령스런 용은 빛을 머금어 용유담에 숨었고　　神龍蓄電潛在湫

영험한 사당에는 해마다 가을 제향 올린다네.　　靈祠降香歲有秋

천왕봉은 그중 우뚝하여 구름 노을 모이는 곳　　天王突兀雲霞集

소년대가 빙설에 덮여 근심스럽게 우러르네.　　少年奉承氷雪愁

뭇 산이 솟아 있는 모습은 안석을 펴놓은 듯　　羣山嶙峋輸几茵

만 리 뻗친 구름이 입을 벌리고 다가오는 듯.　　萬里雲物來哦呻

때론 파리한 학처럼 선정에 든 고승을 만나면　　時逢瘦鶴高僧定

26 남원 : 원문의 '용성(龍城)'은 현 전라도 남원의 옛 이름이다.

27 승주(昇州) : 현 전라남도 순천의 옛 이름이다. 유영순은 당시 순천부사로 재직하고 있었
　　는데, 성묘를 위해 선영이 있는 남원에 들렀다가 유몽인과 함께 지리산을 유람하였다.

우리에게 푸른 죽을 주며 마주 앉아 친밀했네.　　　爲把靑粼聯床親
속세에선 서로 빼앗으니 세상살이가 어렵지만　　　塵中乾沒世路艱
물외에선 소나무 구름 사이를 마음껏 노니네.　　　物外縱步松雲閒
돌아가면 처리할 공무 다시 산처럼 쌓였겠지　　　歸來薄領復如山
그 옛날의 유람은 응당 맑은 꿈속에서나 보리.　　　舊遊應憑淸夢看

○ 의 상인의 시축에 쓰다 題義上人詩軸

강남에는 봄이 다 지나 죽순 벌써 돋았구나　　　春盡江南竹笋長
신록의 골짜기에 시냇물이 향기 싣고 흐르네.　　　千林敷綠潤漂香
이곳에서 최고운과 옥액을 나눠 쓰고 있으니　　　留與孤雲分玉液
거문고 세 곡조에 학이 날아서 돌아오누나.　　　琴心三疊鶴回翔

○ 향로봉 폭포 위에서 산양을 보고 장난삼아 짓다
香爐瀑布上 見山羊 戲作

금화산 신선[28]이 돌보지 않아 도인이 발견했지　　　金華不管道人看
기림[29]에서 한가로이 기르니 폭포수가 차갑구나.　　　閑牧琪林瀑水寒

---

28 금화산(金華山) 신선 : 신선 적송자(赤松子)를 가리킨다. 그는 절강성 금화현 산속에서
도를 얻었다고 한다.

구름 속에서 자고 있으니 그대는 꾸짖지 말게　　眠着白雲君莫叱
내 마땅히 이 산양을 타고 천만 봉우리 오르리.　　我當騎此上千巒

○불일암 佛日菴

나는 듯한 용마루는 아득한데 별빛은 가득하고　　飛甍縹緲滿辰星
곧장 쏟아지는 하얀 폭포 옥병풍을 매단 듯하네.　　直瀉銀潢掛玉屛
움푹한 골짜기 이끼 낀 그루터기 위에 지었는데　　嵌广中呀苔礎架
왕대나무 높이 치솟고 비취빛 깃털이 떨어지네.　　簹簹高合翠毛零
고깃배는 단지 농사짓고 샘을 팔 곳을 찾겠지만　　漁舟只可尋耕鑿
사슴 타고 어찌 능히 험한 비탈길에 올라 보나.　　鹿駕焉能跨險陘
옛부터 신선세계도 높고 낮은 지위가 있었으니　　從古神仙有高下
나의 유람 바야흐로 천상에 가까운 줄 알겠구나.　　吾遊方覺近青冥

○골짜기를 빠져 나오다 出洞

두류산 천만 봉우리 풍경을 다 거두어 담아　　收拾頭流千萬峯
가려 보니 한 통의 시도 채 되지 않는구나.　　攬之不滿一詩筒

---

29 기림(琪林) : 신선이 사는 곳에 있는 옥수(玉樹)가 우거진 숲을 일컫는다.

은자 따라 푸른 산을 어루만진 게 얼마던가 幾經烏匼摩空翠
차마 이 신발로 세상 티끌을 밟게 해야 하나. 忍使靑鞋汚軟紅
멀리 고개를 우러르니 높은 나무는 조그맣고 嶺遠仰看高樹細
말등에 앉아서 흰 구름 중첩한 산을 가리키네. 馬行背指白雲重
모르겠다, 인간세상에 어떤 좋은 일이 있는지 不知人世有何好
맑은 유람 끝나기도 전에 돌아갈 길이 바쁘네. 淸賞未終歸路忽

○ 와룡정30 臥龍亭

바위는 두어 집뿐인 쓸쓸한 곳에 위치하고 巖居寥落兩三家
높은 대 밑 강물소리 백사장을 둘러 흐르네. 臺下江聲繚白沙
남쪽 지방 따뜻하여 푸른 조릿대가 무성하고 地暖南溟饒翠篠
높고 높은 저 방장산엔 푸른 노을 넉넉하네. 山高方丈足靑霞
뱃사공은 키를 틀어 은빛 쏘가리를 낚아채고 舟人捩柂叉銀鱖
시골 여인은 칼을 들고 옥빛 나물 뜯는구나. 村女持鑱搲玉椏
녹봉 위해 남원에서 벼슬하는 신세 우습구나 堪笑龍城五斗米
책상 위 공문에 귀밑머리가 허옇게 세었다네. 堆床朱墨鬢成華

---

30 와룡정(臥龍亭) : 「유두류산록」에 의하면, 섬진강 가에 있는 최온(崔蘊)의 장원(莊園)이
  라고 하였다.

○ 현인을 회고하다 懷賢

세상에선 최씨가 금돼지에서 나왔다고들 하지　　　世傳崔子金猪産
선생은 가야에서 학업 닦아 문장을 잘 지었네.　　　鍊業伽倻文字工
바다를 건너가서 온 천하를 두루 유람했으며　　　泛海橫行李天下
화려한 문장으로 신라와 당나라에서 벼슬했네.　　　摛華衣被羅朝中
그 해에 신선이 되니 쌍계석문엔 달이 떴겠지　　　當年羽化石門月
천 년 전 금을 타던 마음이 청학동 바람소리라.　　　千載琴心鶴洞風
붉은 시내 위 그 다리를 지금도 보게 된다면　　　或看至今紅水棧
노새 타고 선동을 데리고서 저 다리 건너리.　　　靑驢橫渡領仙童

　-이는 최고운[31]을 노래한 것이다. 右崔孤雲

당당하고 빛나는 봉우리, 늠름하고 신령스럽네　　　堂堂光嶽稟靈優
당시의 도학자들 중 선생이 단연코 제일이었네.　　　道學當時第一流
행실은 민자건·증삼[32]에 비견되어 법도를 세웠고　　　行捋閔曾堪立範
명예가 소인보다 높아서 화를 부른 것뿐이었네.　　　名高廚及只招尤
어찌하여 청풍명월처럼 맑은 시내 꿈꾸던 분이　　　如何風月淸溪夢
끝내 변방 백설 속에 갇힌 신세 되었단 말인가.　　　終作關山白雪囚

---

31 최고운(崔孤雲) : 최치원(崔致遠, 857~915)을 말하며, 고운은 그의 호이다.
32 민자건·증삼 : 민자건(閔子騫)과 증삼(曾參)은 모두 공자의 제자로, 덕행이 뛰어났던 인물이다.

천 년 동안 문묘에 모시고서 제향하고 있으니　　　樽俎千年文廟享
사내대장부로 이 밖에 다시 더 무엇을 구하리.　　男兒此外更何求

　　-이는 정일두[33]를 노래한 것이다. 右鄭一蠹

한 녹사의 관직은 서리들 가운데 으뜸이었지　　　韓生官是吏胥雄
승문원에서 여러 해 동안 상공을 받들었다네.　　　槐府多年奉相公
민심이 도덕군자에게 돌아감을 어찌 알았으리　　　豈意民心歸有德
신하의 직분 다하지 못하고 충직하게 죽었네.　　　未能臣職死於忠
온 산의 솔과 계수나무 선왕조의 달빛을 받고　　　一山松桂先朝月
만고토록 천하가 열사의 그 풍도를 우러렀네.　　　萬古乾坤烈士風
쑥대 우거진 어디가 공이 살던 옛 마을인가　　　　何處蓬蒿尋故里
지금도 수양산에서 은나라 고사리로 살겠지.　　　至今殷蕨首陽中

　　-이는 한 녹사[34]를 노래한 것이다. 右韓錄事

양당수를 바라보니 봄철 냇물이 가득하구나　　　回首兩塘春水盈
산중턱의 소나무 잣나무는 누구의 무덤인가.　　　半山松栢是誰塋
남명선생의 본마음은 이 땅을 맑게 하는 것　　　南溟本意澄靑壤
한 평생 대궐 향해 붉은 정성을 다 바쳤네.　　　北闕平生繫赤誠

---

33 정일두(鄭一蠹) : 정여창(鄭汝昌, 1450-1504)을 말하며, 일두는 그의 호이다.
34 한 녹사(韓錄事) : 고려 무신집권기에 지리산에 은거한 한유한(韓惟漢)을 일컫는다. 녹사
　　는 그에게 내린 대비원 녹사(大悲院錄事)라는 벼슬을 말한다.

한 차례 상소에 아첨꾼들 간담이 서늘했고　　　　一奏甌函寒佞骨

백년토록 산수 속에 높은 이름 걸어두었네.　　　百年雲水掛高名

동방에서 천인벽립의 높은 절개를 찾는다면　　東方壁立尋千節

영남의 많은 영웅 누가 그렇게 만들었을까.　　嶠外羣雄孰使令

　　-이는 조남명³⁵을 노래한 것이다.　右曹南溟

푸른 노송 붉은 단풍 온 골짝에 그늘 드리고　　蒼檜丹楓萬壑陰

푸른 못 쏟아지는 폭포에 높은 대가 있는 곳.　碧潭飛瀑一臺臨

선생이 자식들을 가르치던 그 서재 자리에는　先生教子書樓峙

장로들이 참선하는 절간이 들어앉아 있다네.　長老參禪別院深

아이를 위한 서재 세운 건 큰일도 아니지만　童稚治齋事不鉅

큰 학자가 세운 절개는 선비 모두 흠모하네.　大儒植節士皆欽

우리 집 아이도 의당 가서 배울 수 있으리니　吾家豚犬亦宜往

한가한 날 황계³⁶로 가서 그곳을 찾으리라.　暇日黃溪當爾尋

　　-이는 노옥계³⁷를 노래한 것이다.　右盧玉溪

출처:『어우집(於于集)』후집 권2,「두류록(頭流錄)」

---

35 조남명(曹南溟) : 조식(曹植, 1501-1572)을 가리킨다. 남명은 그의 호이며, 일반적으로 '남명(南冥)'이라 일컫는다.

36 황계(黃溪) : 지리산 뱀사골에서 흘러내리는 시내를 말한다.

37 노옥계(盧玉溪) : 경상남도 함양 출신의 학자 노진(盧禛, 1518-1578)을 말하며, 옥계는 그의 호이다.

인간세상의 좋은 일은
만나기 어렵다네

권극량의 등두류음

인간세상의 좋은 일은 만나기 어렵다네

권극량權克亮의 등두류음登頭流吟

○ 두류산에 올라 읊다 登頭流吟

1

높고높은 방장산은 동쪽 남쪽의 보장이지	崔嵬方丈障東南
정상에 올라보니 대바구니처럼 아늑하네.	絶頂登臨穩竹籃
서쪽으론 삼신봉이 언덕처럼 나지막하고	西瞰三神山似培
북쪽으론 천 겹 봉우리 감실처럼 작구나.	北瞻千疊嶂如龕
용연대¹ 위에서 두 그루 노송을 보았고	龍淵臺上雙松老
불일암²을 찾아서 한 승려를 방문했었네.	佛日菴中一釋探
물외세계로의 신선 유람 어언 이십 년째	物外清遊二十載

---

1 용연대(龍淵臺) : 현 경상남도 함양군 휴천면에 있는 용유담(龍游潭)을 가리키는 듯하다.
2 불일암(佛日菴) : 불일폭포 옆에 있는 암자를 말한다.

참된 신선 만나지 못한 것이 부끄러울 뿐.　　　　　眞仙不遇是吾慚

2

유람하며 북방 남방 서방을 다 둘러보자니　　　　觀遊經盡北西南

물외를 노니는 행장이 대바구니에 가득하네.　　　物表行裝倚竹籃

환학루3 주변에는 시내 하나 졸졸졸 흐르고　　　　喚鶴樓邊鳴一澗

상서당4 밖에는 두 개의 부도가 서 있도다.　　　　上書堂外立雙龕

맑고 아름다운 시구를 밤새도록 읊조리고　　　　　淸詩美句終宵詠

현포5나 단구 같은 선계를 종일 찾아다니네.　　　　玄圃丹丘盡日探

선산에 들어오니 도리어 한스러움이 있구나　　　　身入仙山還有恨

세상에 내 이름 알려져서 부끄럽기만 하네.　　　　世知名字亦堪慙

3

지리산 사방을 두루 돌아다니며 둘러보고　　　　　跡遍東西繞北南

물외를 표표히 떠돌며 실컷 시를 읊조렸네.　　　　飄然物外一吟籃

바람은 팔영루6 앞의 나무에서 일어나고　　　　　風生八詠樓前樹

---

3 환학루(喚鶴樓) : 하동 쌍계사에서 불일폭포로 오르는 중간에 있는 환학대(喚鶴臺)를 가리
　키는 듯하다. 전설에 최치원이 이곳에서 학을 불러 타고 노닐었다고 전한다.
4 상서당(上書堂) : 최치원의 영정이 쌍계사에 보관되어 있었는데, 그 건물을 지칭하는 듯하
　나 자세하지 않다.
5 현포(玄圃) : 중국 전설 속 곤륜산 정상에 있는 신선이 사는 세계를 가리키는 말로, 여기서
　는 지리산을 일컫는다.

달빛은 두 줄기 시냇물 위의 감실에 비추네.　　月照雙磎水上龕

신선 사는 산을 둘러보니 암자가 많기도 한데　觀盡仙山多佛住

참선하며 도를 닦는 승려가 얼마인지 모르겠네.　未知禪業幾僧探

미천한 이내 몸은 인간세상으로 나가지 않으니　微蹤不向人間步

티끌에 물든 푸른 신발 그저 내 부끄러울 따름.　塵染靑鞋是我慙

4

물외로의 유람으로 세상 속을 빠져 나가　　物外淸遊出世中

표연히 떠나가는 머리 허연 두 늙은이라.　　飄然兩箇白頭翁

겹겹의 고요한 산들이 그림처럼 둘러있고　萬重寂寂山圍畫

천 길의 쏟아지는 폭포가 허공에 매달렸네.　千仞飛飛水掛空

지금도 검푸른 계곡엔 학의 자취 사라지고　玄碧至今無鶴跡

예전처럼 단청 칠한 사찰이 훤하니 빛나네.　丹靑依舊耀禪宮

신선이 이 산에 돌아가 산다고들 말하기에　人傳歸住玆山上

종일 불렀지만 부끄럽게도 만나지 못했네.　盡日招仙愧未逢

5

작은 배로 운무 낀 물길을 다 둘러보았으니　扁舟經盡水雲中

만 골짜기 천 봉우리엔 우리 두 늙은이 뿐.　萬壑千峰兩箇翁

6 팔영루(八詠樓) : 현 경상남도 하동군 화개면에 있는 쌍계사 법당 앞의 누각이다.

이내 몸이 원래 환영이 아님을 깨달았는데   已覺此身元是幻
다시 생각하니 무엇인들 공이 되지 않으랴.   翻思何物不爲空
연꽃 두른 마루에 가부좌를 틀고 앉았으니   蓮花繞榻扶禪座
초롱에 달린 등잔불이 법당을 환히 비추네.   玉燭懸籠耀佛宮
지금 여산[7]에 들어가도 혜원[8]은 없으리니   今入廬山無遠釋
인간세상의 좋은 일은 다 만나기 어렵다네.   人間好事未全逢

작품
개관

출전: 『동산집(東山集)』 권1, 「등두류음(登頭流吟)」
일정: 하동 청학동으로의 유람인 듯하나 자세치 않다.

저자: 권극량(權克亮, 1584-1631)
자는 사임(士任), 호는 동산(東山), 본관은 안동(安東)이다. 아버지는 권약(權瀹)이
며, 어머니는 대소헌(大笑軒) 조종도(趙宗道)의 딸이다.
일찍 아버지를 여의었고, 9세 때 임진왜란이 일어나 가족과 함께 약 8년 동안 회
덕·성주 등지로 피난 갔다가 고향으로 돌아왔다. 회덕에 있을 때 석담(石潭) 이윤

---

7 여산(廬山) : 중국 강서성 구강(九江)에 있는 산으로, 불교 유적이 많은 곳으로 유명하다.
8 혜원(慧遠) : 중국 진(晉)나라 때 여산의 동림사(東林寺) 주지이다. 유유민(劉遺民)·뇌차
　종(雷次宗)·주속지(周續之)·종병(宗炳) 등 18인의 명사와 함께 백련사(白蓮社)를 결성
　하여 모임을 가졌다.

우(李潤雨, 1569-1634)에게 배웠고, 고향에 돌아와서는 여헌(旅軒) 장현광(張顯光)을 찾아가 수학하였다. 1627년(인조 5) 영릉참봉(英陵參奉)에 제수되었으나 나아가지 않았다.

일찍부터 진주의 서굴촌(西崛村)에 조그마한 집을 지어 성인의 유상(遺像)을 모셔놓고 위기지학에 힘썼으며, 하동지역에 향약을 만들어 풍속교화에도 크게 공헌하였다. 저술로『동산집』이 있다.

오르고 또 오르면
정상에 도달하리

박태무의 유두류산기행

오르고 또 오르면 정상에 도달하리

박태무朴泰茂의 유두류산기행遊頭流山記行

○ 서쪽으로 두류산을 바라보며 공경히 증조부 능허¹ 선생의 시에
차운하다² 西望頭流山 敬次曾王考凌虛先生韻

신선 찾아 서쪽으로 들어가니 붉은 노을 날리고   羽衣西入紫霞飛

깨끗한 청산에 저녁나절 비가 부슬부슬 내리네.   淨洗靑山夕雨霏

온 골짜기에 단풍 물든 늦가을의 빼어난 경치는   萬壑丹楓秋後勝

봄빛이 피어나 돌아가야겠다던³ 때보다 낫다네.   勝於春色上當歸

---

1 능허(凌虛) : 박민(朴敏, 1566-1630)의 호이다. 박민은 부사(浮査) 성여신(成汝信, 1546-
  1632)과 함께 1616년 9월 하동 쌍계사와 청학동 방면을 유람하였다. 성여신의 유람록 「방
  장산선유일기(方丈山仙遊日記)」와 문홍운(文弘運, 1577-1640)의 「두류팔선유편(頭流八
  仙遊篇)」이 이때 지어진 것이다.

2 서쪽으로……차운하다 : 박민이 지리산을 유람한 1616년은 병진년(丙辰年)이다. 박태무는
  증조부의 뜻을 받들어 같은 병진년인 1736년 가을에 「능허선생사우록(凌虛先生師友錄)」
  을 완성하고 지리산에 올랐다.

3 봄빛이……돌아가야겠다던 : 증조부 박민의 「문자규(聞子規)」에서 "바위틈의 꽃은 피어나

○ 사곡⁴에 도착하다 到士谷

청려장을 짚고 와서 강 서쪽의 마을에 이르니	青藜來到水西村
서늘한 대숲은 소슬하고 낮에도 문을 닫았네.	寒竹蕭蕭晝掩門
날 위해 주인은 점심밥 준비하라 재촉하는데	爲我主人催午飯
부엌 연기 흩어지다 되레 남은 것이 우습구나.	笑他煙火分猶存

○ 모한재⁵에서 양정재 하덕망⁶ 어른에게 올리다
慕寒齋 呈養正齋河丈德望

나귀를 타고 험준한 길로 들어가누나	驢背崎嶇路
누굴 위해 저녁나절 비탈길을 걷는가.	爲誰踏夕崖
찾는 이는 맑고 고상한 양정재 어른이요	清高養正叟
가는 곳은 깨끗하고 한적한 모한재라.	蕭灑慕寒齋
학업에 뜻을 두어 도서가 벽에 가득하고	志業圖書壁

려 하고, 봄빛이 피어나니 돌아가야겠네.[巖花將欲紅 春色上當歸]"라고 한 시구를 그대로 인용한 것이다. 소쩍새가 봄빛이 피어오르는 봄날 풍경을 보고서 돌아가야겠다고 하는 말이다.

4 사곡(士谷) : 현 경상남도 진주시 수곡면 사곡리를 말한다.

5 모한재(慕寒齋) : 현 경상남도 하동군 옥종면 안계리에 있는 정사로, 조선후기 남명학파의 대표 학자인 겸재(謙齋) 하홍도(河弘度, 1593-1666)의 강학처이다.

6 하덕망(河德望) : 1664-1743. 자는 첨경(瞻卿), 호는 양정재(養正齋), 본관은 진양이다. 현 하동군 옥종면 안계마을에 살았으며, 하철(河澈)의 아들이다.

한 평생 이곳에서 꽃과 대를 함께 했네.　　　　　生涯花竹塏
야심한 밤 불 밝히고 부지런히 절차탁마　　　　深燈勤琢切
지극한 즐거움이 이곳 우리에게 있다네.　　　　至樂在吾儕

○ 영귀대[7] 詠歸臺

미수 선생의 친필 글씨[8]가 바위에서 빛나고　　　眉翁手字石生輝
늦봄은 아니나 내 목욕한들 무엇이 해로우리.　我浴何妨節序非
관을 쓴 어른과 동자들 삼삼오오 짝을 지어　　冠者三三童五五
바위에서 바람 쏘이고 시를 읊으며 돌아오리.　風乎石上詠而歸

○ 도구대[9]에 오르다 登陶邱臺

자굴산은 깊고 깊으며[10] 방장산은 그윽하니　闍崛深深方丈幽

---

7 영귀대(詠歸臺) : 모한재로 들어가는 입구에 있는 바위로, 하홍도가 생전에 유식(遊息)하
　던 곳이다. '영귀'는 『논어(論語)』「선진(先進)」에 "늦은 봄 봄옷이 완성되면 관을 쓴 어른
　5-6인과 동자 6-7인과 함께 기수에서 목욕하고 무우에서 바람 쏘이고 시를 읊조리며 돌아
　오고자 합니다.[莫春者 春服旣成 冠者五六人　童子六七人 浴乎沂 風乎舞雩 詠而歸]"라고
　한 구절에서 따온 말로, 공자의 제자 증점(曾點)의 지취(志趣)를 말한다. 세상에 나아가기
　보다는 자연 속에서 그 섭리에 순응하며 동화되는 삶을 살고자 한 것이다.
8 글씨 : '영귀대(詠歸臺)' 세 글자를 말한다. 미수(眉叟) 허목(許穆, 1595-1682)의 글씨라고
　전한다.
9 도구대(陶邱臺) : 현 경상남도 산청군 단성면 자양리 구만마을 덕천강 가에 있다.

세상 사람 중에 그 누가 도구 선생을 알리?	世人誰識陶邱子
도구 선생이 노닐며 쉬던 대가 여기 있으니	陶邱子有遊憩臺
그 위에서 청산에 의지해 녹수를 내려다보네.	上依靑山下綠水
대지팡이 하나 짚고 짚신 한 켤레 신고서는	一竹杖與一芒鞋
남명 선생이 사시던 그 마을을 내왕하셨다지.	來往南冥夫子里
안연11처럼 누추한 마을에서 가난하게 살았고	顔淵舊巷臥曲肱
허유12처럼 어떤 냇가에서 애써 귀를 씻었네.	許由何川勞洗耳
주춧돌은 나뒹굴고 무너진 담장만 남은 폐허	亂礎頹垣餘廢墟
스산하고 황량한 가을날 풀섶 속에 남아 있네.	冷落荒涼秋草裏
내 이 대에 올라 와서 한 차례 탄식을 하노니	我來登臨一喟然
도구대 위 청풍이 어디선가 끝없이 불어오네.	臺上淸風吹不已

○ 입덕문13 入德門

내 초년에 길을 잃어 갈래 길이 많기도 했지	初年失路路多岐
소경처럼 땅을 두드리며 갈 바를 몰라 했었네.	擿埴倀倀迷所之

---

10 자굴산은……깊으며 : 도구(陶丘) 이제신(李濟臣, 1510~1582)의 집이 자굴산에 있었기 때문에 그렇게 말한 것이다.

11 안연(顔淵) : 공자의 문인으로 안빈낙도한 대표적 인물이다.

12 허유(許由) : 요(堯) 임금 때의 고사(高士)로, 천하를 맡아 달라는 요 임금의 부탁을 듣고 영수(潁水)에서 귀를 씻었다고 한다.

13 입덕문(入德門) : 현 경상남도 산청군 단성면 자양리 아랫소리당 근처 덕천강 가에 있다.

입덕문 앞에서 비로소 큰 잠에서 깨어났다네   入德門前醒大寐
또한 알겠네, 우리 도가 바로 여기에 있는 줄.   也知吾道在於斯

○ 덕천서원에 알현하다 謁德川書院

남명 선생 초상을 우러러 바라보니   瞻仰先生像
천 길 절벽처럼 높고 높기만 하네.   巖巖千仞壁
선생의 마음을 아련히 상상하건대   緬想先生心
해 저문 뒤 잣나무처럼 꿋꿋하구나.   亭亭歲寒栢
우리 유교의 도는 어디에 깃들었나   吾道屬誰邊
학문하던 이곳이 올봄엔 적막하구나.   杏壇春寂寞
방장산은 높고 덕천은 길이 흘러가니   方丈山高德川長
남명 선생의 유풍은 길이 끝없으리라.   先生之風永無極

○ 영모재¹⁴에서 김대집¹⁵과 조중길-선적-이 와서 만난 것을 기뻐하여
노래하다 永慕齋 喜金大集曺仲吉善迪來會

며칠 밤이나 오주의 달¹⁶을 그리워했나   幾夜吳州月

---

14 영모재(永慕齋) : 어디에 있는 누구의 재실인지 자세하지 않다.

15 김대집(金大集) : 18세기 초 진주 인근에 살던 김성운(金聖運, 1673-1730)을 말한다. 대
집은 그의 자이다.

그립고 그리워 꿈속에 자주 나타났다네.	依依入夢頻
백발이지만 아직 아름다운 흥취가 일어	白髮猶佳興
등불 들고 모인 이들 모두 옛 친구일세.	靑燈摠故人
살날이 얼마 남지 않았다고 두려워 말고	莫怕餘年短
세상살이 단맛과 쓴맛 모두 잊어버리세.	渾忘世味辛
가을 깊어 산 속이 비단을 두른 듯하니	秋深山似錦
내일 아침에는 진경 찾아 떠나 보세나.	明日去尋眞

○ 무위암[17] 無爲庵

태고의 청산은 지금까지 살아와 늙어버렸고	太古靑山老
여러 하늘 비추는 부처 광채가 더디게 뜨네.	諸天慧日遲
선정에 든 승려 마음 어찌 세상사가 있으리	禪心那有事
이 암자의 이름이 처음부터 무위암이었다네.	庵號本無爲
대상과 자아를 모두 잊게 되는 그 속에는	物我相忘裏
천지가 나누어지기 이전의 혼몽함이 있다지.	鴻濛未判時
스스로 피었다가 다시 스스로 떨어져버리는	自開還自落

---

16 오주(吳州)의 달 : 이백(李白)이 강동(江東)으로 가는 장사인(張舍人)을 보내며 지은 시
「송장사인지강동(送張舍人之江東)」에 "오주에서 달을 보거든, 천리 밖에서 날 생각해 주
오."라고 한 말을 인용한 것이다. 헤어진 뒤 보고 싶어 달을 보며 그리워했다는 뜻이다.
17 무위암(無爲庵) : 현 경상남도 산청군 시천면 내대리 남대마을 근처에 있던 암자이다.

창 밖에 있는 계수나무 가지의 계수화처럼.　　　　　　牕外桂花枝

○ 길을 가다가 바위굴을 지나며 行過石竇

바위굴에 걸린 높은 사다리 세 길 남짓 되겠구나　　石竇危棧三丈餘
부여잡고 오르자니 살얼음 밟듯 부들부들 떨리네.　蹐攀凜若薄冰於
만약 이 마음을 붙잡고서 어느 곳에서든 쓴다면　　若把是心隨處用
성현이 남긴 글에 부끄러움이 없을 수 있으리라.　　可能無愧聖賢書

○ 남대암[18] 南臺庵

붉게 물든 나무 언덕엔 흰 구름 걸려 있고　　　白雲紅樹岸
우뚝한 절벽에는 암자 하나 매달려 있네.　　　峭絶一庵懸
깊숙하기는 호리병 속 별천지인 듯하고　　　　窈窕壺中界
청량하기는 인간세상 밖 천계와 같구나.　　　　清凉象外天
연꽃 문양의 창은 깊어서 속세가 아니고　　　蓮牕深不世
백설 같은 승려는 담박하기가 신선 같네.　　　雪衲淡如仙
잠시[19]의 인연으로 세상 미련 없어졌는데　　　桑下能無戀

---

18 남대암(南臺庵) : 현 경상남도 산청군 시천면 내대리 남대마을 건너편 사자령 중턱에 있
　　던 암자이다.

지팡이 돌리자 되레 그 마음 어렴풋하네.　　　　　回筇却黯然

○ 천왕봉 정상을 바라보며 望絶頂

사람들은 이 산을 오를 수 없다고 말하지　　　　人言不可上
천 길 봉우리가 푸른 허공에 닿아 있구나.　　　　千丈接靑空
중도에 지팡이를 돌려 그만두지 말자꾸나　　　　中途莫回杖
오르고 또 오르면 절로 정상에 도달하리니.　　　　登登山自窮

○ 천왕봉에 오르다 登天王峯

인간세상을 돌아보니 삼라만상이 나직하고　　　　回首人寰萬品低
연·진·오·초나라가 모두 한 학의 둥지라.　　　　燕秦吳楚一鶴栖
이제야 알겠구나, 앉은 곳이 높아진 뒤에야　　　　是知坐處高然後
뭇 봉우리가 감히 비견하려 하지 않는 것을.　　　　列嶽群峯不敢齊

----

19 잠시 : 원문의 '상하(桑下)'를 풀이한 것으로, '뽕나무 아래'라는 이 말은 '잠시 머물며 맺은 인연'이라는 뜻이다. 『후한서(後漢書)』 권30 「양해열전(襄楷列傳)」에 "불법(佛法)을 닦는 승려가 뽕나무 아래에서 사흘 밤을 머물지 않는 것은 오래 되면 애착이 생길까 두렵기 때문이니, 정진(精進)의 극치이다.[浮屠不三宿桑下 不欲久生恩愛 精之至]"라고 하였다.

○ 일월대[20]에서 일출을 보다 日月臺 觀日出

일만사천 길의 높은 천왕봉에 올라서서	一萬四千丈
물의 신이 산다는 풍이궁[21]을 굽어보네.	俯壓馮夷宮
무릉도원 새벽닭이 대여섯 번 울고서야	桃鷄五六唱
해가 뜨는 동쪽의 부상[22]을 바라보았네.	縱目扶桑東
푸른 바다는 넓고 넓어 가물가물 보이고	滄海浩茫茫
하늘을 바라보니 어찌 그리도 아득한지.	視天何夢夢
연하와 운무가 함께 밀려와 뒤덮이고	煙霧共掩靄
어둑어둑하더니 다시 깜깜하게 변하네.	依黯更朦朧
하늘과 땅이 한데 섞여버린 이 공간은	乾坤混侖間
천지가 갈라지기 이전의 혼몽 그대로네.	方未判鴻濛
잠시 후 오색구름이 열리기 시작하더니	俄然五雲闢
금빛 줄기 허공에서 불끈 솟아나는구나.	金莖聳虛空
둥글게 도는 큰 덩이는 수레바퀴 같은데	圓轉大如輪
태양의 궤도인 황도 속으로 곧장 따르네.	直遵黃道中
해가 뜨자 음양이 한 순간에 나누어지고	陰陽分一着

---

20 일월대(日月臺) : 지리산 천왕봉 동쪽 방위의 바위를 말한다. 바위면에 '일월대(日月臺)'라는 각자가 있다.

21 풍이궁(馮夷宮) : 전설에서 물의 신이 산다는 궁전을 말한다.

22 부상(扶桑) : 해가 뜨는 동쪽을 일컫고, 중국 전설에 아침해가 부상나무 아래에서 떠오른다고 하여 '태양'을 일컫기도 한다.

환하게 열린 세상 혼몽함을 걷어낸 듯.	豁然如發蒙
어두컴컴한 밤 기운을 말끔히 걷어내고	掃除夜色黑
아침의 붉은 햇빛을 온 세상에 뿌리네.	揮拂朝暉紅
산과 강이 그 덕택에 비추어 빛이 나니	山河紛照曜
온 세상이 잠깐 사이 영롱하게 빛나네.	宇宙倏玲瓏
환하고 밝게 옥 같은 불빛을 켠 듯하니	煌朗開玉燭
요임금 순임금이 이루신 공과 흡사하네.	依俙堯舜功
군자에게서 진정 귀하게 여기는 바는	所貴乎君子
사물 보며 자신에게 돌이켜 구하는 것.	觀物反諸躬
나는 나의 명덕을 밝히기를 원하노니	我願明明德
그대 더불어 처음과 끝을 함께 하려네.	與汝同始終
무슨 수로 저 일출 장면을 그려 낼까?	何由畫出日
두 번 절하고서 사총²³을 바치렵니다.	再拜獻四聰

○ 방향을 바꾸어 쌍계사로 가는 도중에 구두로 짓다 轉向雙溪途中 口占

숲속이 깊숙하여 인적마저 끊어졌고	林深人跡絶

---

23 사총(四聰) : 『서경(書經)』 「순전(舜典)」에 "순 임금은 사방의 문을 여시고, 사방으로 눈을 밝히시고, 사방의 말을 잘 듣도록 귀를 열어 놓으셨다.[闢四門 明四目 達四聰]"고 한 말에 서 인용한 것으로, 순 임금처럼 사방의 소리를 잘 듣도록 귀를 열어놓겠다는 뜻이다.

바위 길은 모두 구름 속의 사다리라.　　　　　　　　石路摠雲梯

하늘에 닿을 듯한 무수한 산봉우리들　　　　　　　無數磨天嶺

때론 절벽에서 쏟아지는 시내도 있네.　　　　　　　有時絶壑溪

벼랑을 오르자니 몸은 떨어질 듯하고　　　　　　　緣崖身欲墜

절벽을 오를 때는 서로 손을 당겨주네.　　　　　　攀壁手相携

해 저물어 들어가 묵을 곳이 걱정인데　　　　　　日暮愁歸宿

안타깝게도 지름길을 찾기가 어렵구나.　　　　　可憐捷逕迷

○ 불일암[24] 佛日庵

외로운 암자에서 광채가 비치는 곳　　　　　　　　孤庵明慧日

가물가물 푸른 봉우리 꼭대기로구나.　　　　　　迢遞碧峯巓

바위 틈새로 맑은 시내 흐르는 골짝　　　　　　　亂石清流洞

흰 구름은 붉은 나무 위 하늘에 있네.　　　　　　白雲紅樹天

그곳의 승려는 세상사에 관심 없으니　　　　　　居僧無世事

유람객도 선계 인연이 있어야 하겠지.　　　　　　遊客亦仙緣

안타깝구나 명산의 빼어난 이 경관이　　　　　　可惜名山勝

저들에게 맡겨 불가 세상이 되었으니.　　　　　任他釋氏專

---

24 불일암(佛日庵) : 현 경상남도 하동군 화개면 쌍계사 뒤쪽 불일폭포 주변에 있는 암자
이다.

○ 향로봉[25] 고령대에 올라 登香爐峯古靈臺

온 골짝에는 향그런 연하가 피어오르고	萬壑香煙起
맑게 갠 산봉우리 햇살에 붉게 물들었네.	峯晴日照紅
땅의 형세는 천 길 높이 우뚝한 곳이니	地勢千尋兀
한 구역 허공으로만 하늘이 보이는구나.	天容一望空
발밑에는 봉래산의 운해가 둘러져 있고	脚下環蓬海
머리 위는 선계인 낭풍산[26]에 닿았네.	頭邊接閬風
왕자교[27]를 기대하나 소식이 아득하여	喬期杳消息
서글픈 마음으로 마른 솔에 기대섰네.	怊悵倚枯松

○ 완폭대[28] 玩瀑臺

향로봉의 아래쪽이요 학연[29]의 머리맡에서	香爐峯下鶴淵頭
천 길 끊어진 절벽으로 폭포수가 떨어지네.	斷崖千丈玉飛流
이 물이 흘러내려 쌍계사 밖으로 지나가니	流過雙溪寺外去
이 소식을 응당 쌍계사 팔영루까지 전하리.	消息應傳八詠樓

---

25 향로봉(香爐峰) : 불일암 앞의 동쪽 봉우리 이름이다.
26 낭풍산(閬風山) : 신선이 산다는 전설 속의 산이다.
27 왕자교(王子喬) : 주(周)나라 영왕(靈王)의 태자로, 신선이 된 인물이다.
28 완폭대(玩瀑臺) : 불일폭포 앞의 높은 바위로, 그 위에 각자가 있었다고 한다.
29 학연(鶴淵) : 불일폭포 앞에 있는 못의 이름이다.

○ 비로봉[30]에 올라 登毗盧峯

뾰족한 봉우리 우뚝하고 돌사다리는 높다란데   尖峯突兀石棧高
날랜 걸음으로 허공을 달려 그 기상 호방하네.   飛步凌空氣欲豪
고개 돌려 바라보니 여덟 신선[31] 어디로 갔나   回首八仙何處去
하늘 가득한 석양빛은 동쪽 언덕에 걸려 있네.   滿天斜日依東皐

○ 환학대[32] 喚鶴臺

옥 퉁소를 불던 신선[33] 떠나가 아득해졌으니   玉簫仙子去茫然
학을 불러 타던 이 대도 몇 백 년이 비었던가.   喚鵝虛臺幾百年
환학대 앞에는 붉은 계수나무 한 그루만 있어   惟有臺前紅桂樹
꽃이 피었다가 지도록 저문 하늘가에 서 있네.   花開花落夕陽天

---

30 비로봉(毗盧峰) : 불일암 앞의 서쪽 봉우리 이름이다.
31 여덟 신선 : 성여신(成汝信, 1546-1632)과 박민(朴敏)·정대순(鄭大淳)·문홍운(文弘運)·성박(成鑮)·성순(成錞)·강민효(姜敏孝)·이중훈(李重訓) 등 8인을 말한다. 이들은 각자 호를 따서 부사소선(浮査少仙)·능허보선(凌虛步仙)·옥봉취선(玉峰醉仙)·매촌낭선(梅村浪仙)·죽림주선(竹林酒仙)·적벽시선(赤壁詩仙)·봉대비선(鳳臺飛仙)·동정적선(洞庭謫仙)으로 불렀다. 상세한 내용은 성여신의 「방장산선유일기」에 보인다.
32 환학대(喚鶴臺) : 쌍계사에서 불일폭포로 오르는 중간에 있는 바위로, 최치원이 이곳에서 학을 불러 노닐었다고 전한다.
33 신선 : 신라 말의 최치원을 가리킨다.

○ 보조암[34]을 지나며 過普照庵

불가에서 전하는 말에 보조국사 전설 있으니	釋氏家傳普照師
국사가 매우 총명하여 보조라고 이름했다네.	師以甚明普照爲
중생에게 널리 비춘다고 국사는 말하지 마소	普照衆生師莫說
아마도 능히 자신을 비추지도 못했을 것인데.	恐不能於自照之

○ 쌍계사에 도착하다 到雙溪寺

온 골짝엔 서리 맞은 단풍이요 돌길엔 등넝쿨	萬壑霜楓石逕藤
세속을 벗어난 절간이 층층의 절벽 위에 있네.	超然蘭若壁層層
나그네 따르던 시냇물 소리 곁으로 해 저물고	客來流水聲邊暮
신선은 청산 그림자 속으로 일찍이 떠나버렸네.	仙去青山影裏曾
영은사[35]가 명승의 대강을 독점할 수는 없으니	靈隱未能專勝槩
어찌 굳이 천태산[36]을 부여잡고 오르길 원하리.	天台何必願攀登
이 산의 신령이 나그네 마음 이해라도 하였나	嶽神亦解遊人意

---

34 보조암(普照庵) : 현 쌍계사 위에 있는 국사암(國師庵)을 가리키는 듯하다. 보조국사(普照國師)는 고려 말 선교일치(禪敎一致)를 주창했던 보조(普照) 지눌(知訥, 1158-1210)을 말한다. 시호가 불일보조국사(佛日普照國師)이다.

35 영은사(靈隱寺) : 중국 절강성 항주(杭州) 영은산에 있는 절로, 송지문(宋之問) 등 유명한 시인이 찾았던 절이다.

36 천태산(天台山) : 중국 절강성에 있는 산으로, 천태종의 본사가 있다.

노을에게 명하여 아래로 내려가 서리게 하네.　　　分付丹霞到底凝

○ 학사당[37] 學士堂

최고운은 이 텅 빈 방에서 묵었을 테지　　　孤雲宿虛堂
그의 진면목을 이 방에서 만나는 듯하네.　　　依俙眞面目
신선이 되어 떠나가고 옛 산만 남았는데　　　仙歸餘故山
산은 푸르고 시냇물도 푸르기만 하누나.　　　山靑磵水碧

○ 요학루에 쓰다 題邀鶴樓

명승의 빼어난 경치를 실컷 구경하니　　　剩賞名區勝
멀리서 온 나그네 시름 다 잊어버렸네.　　　渾忘遠客愁
방장산 속에 있는 이 오래된 사찰에는　　　方丈山中寺
최고운이 떠나간 뒤 누각만 남아 있네.　　　孤雲去後樓
은은하게 온 산봉우리에 달이 떠오고　　　隱隱千峯月
쓸쓸하니 온 골짝이 가을로 물들었네.　　　蕭蕭萬壑秋
학을 불러 타고서 날아갈 수 있다면　　　飄然邀鶴駕

---

37 학사당(學士堂) : 쌍계사 경내에 최치원의 영정을 모신 건물 이름이다.

다시 저 영주산[38]으로 떠나가고 싶네.   更欲向瀛洲

○ 쌍계석문에서 쉬며 憩雙溪石門

  -최고운이 손수 쓴 글씨가 있다. 有孤雲手字

내키는 대로 걷다가 또 쉬다가 하며	任他行且憩
운무 낀 골짜기를 마음껏 유람했네.	雲壑恣優遊
오래된 바위엔 천 년 전 글씨 있고	石老千年字
깊은 숲엔 구월의 가을이 깊어가네.	林深九月秋
승려 만나 갈 길을 물어보고 나서	逢僧問前路
말을 돌려 맑은 시내를 건넜다네.	回馬渡澄流
어느 곳에 신응사[39]가 있는 것인지	何處神凝寺
청산의 그림자에 절의 누각 보이네.	靑山影裏樓

---

38 영주산(瀛洲山) : 삼신산의 하나로, 한라산을 영주산이라 부르기도 한다.
39 신응사(神凝寺) : 현 경상남도 하동군 화개면 범왕리 화개초등학교 범왕분교 자리에 있던 절이다. 신흥사(神興寺)라고도 했다. 지리산에서 산수가 아름다운 곳으로 이름나 많은 시인묵객이 찾았다.

○ 신응사에서 공경히 남명 선생의 시[40]에 차운하다

神凝寺 敬次南冥先生韻

층층의 절벽 겹겹의 봉우리가 사방을 두른 곳	層壁重屛面面圍
흰 구름과 흐르는 시냇물에 즐겨 노닐 만하네.	白雲流水可栖遲
남명 선생은 이미 세상 밖으로 벗어나셨으니	翁已超然煙火外
하늘 가득 바람 이슬에 돌아가고 싶지 않구나.	滿天風露欲忘歸

○ 세이암[41] 洗耳巖

가소롭다, 소부(巢父)[42] 노인 할 일도 많았네	可笑巢翁多事者
훌쩍 이 골짜기 벗어날 이유가 전혀 없었던가.	翻然出洞太無端
속세의 시끄러움은 산인의 귀에서 멀어졌으니	塵喧遠隔山人耳
바위 밑 맑은 시내는 속세와 아무 관련 없네.	巖下淸川更不關

---

40 시 : 조식(曺植)의 『남명집(南冥集)』 권1에 수록된 「신응사에서 독서하다[讀書神凝寺]」
를 가리킨다.

41 세이암(洗耳巖) : 신응사 앞 시내 바위에 최치원이 새겼다고 전해지는 각자이다. '세이'는
중국의 은자(隱者) 허유(許由)가 세상사를 들은 귀를 씻었다는 고사에서 따온 것이다.

42 소부(巢父) : 요(堯) 임금 때의 은자이다. 허유가 천하를 맡아 달라는 요 임금의 말을
듣고 못 들을 말을 들었다고 영수(潁水)에서 귀를 씻고 있는데, 그의 벗인 소부가 마침
송아지에게 물을 먹이려다 그 까닭을 묻고는, "그대가 사람이 살지 않는 깊은 골짜기에
은거하면 누가 그대를 볼 수 있으리. 이 물을 먹였다가는 내 송아지 입이 더러워지겠군."
이라고 말하고서 송아지를 끌고 더 상류로 올라가 물을 먹였다고 한다.

○ 녹반암[43] 綠磻巖

하얀 바위 맑은 물에 속세 분주함이 없으니	白石淸流絶世紛
녹문동[44]과 무릉도원도 이곳과 같았으리라.	鹿門之洞武陵源
칠불암을 찾아 갔다가 되돌아오는 그 길에	往尋七佛庵歸路
녹반암 위의 맑은 유람 또 한 차례 하였네.	巖上淸遊更一番

○ 칠불암을 방문하다 訪七佛庵

걷고 걷자니 산에서 해가 저물려 하고	步步山將暮
가고 또 가건만 길은 아직 멀기만 하네.	行行路不窮
바위는 천 년이나 되어서 하얗게 변했고	石老千年白
숲은 구월의 가을 단풍이 짙게 물들었네.	林濃九月紅
부처의 광채가 맑고도 환하게 비추는 곳	慧日澄朗界
잔뜩 흐린 구름 속에서 보일 듯 말 듯.	曇雲隱映中
한 차례 풍경소리 나그네를 놀라게 하니	一聲驚客耳
바람결에 절간의 풍경이 울린 것이라네.	風便上方鐘

---

43 녹반암(綠磻巖) : 성여신(成汝信)의 「방장산선유일기(方丈山仙遊日記)」에 의하면, 신응 사에서 시내를 따라 1리쯤 올라간 곳에 있는데, 큰 소나무 한 그루가 그 곁에 있었다고 한다.

44 녹문동(鹿門洞) : 중국 호북성 양양현(襄陽縣)에 있는 녹문산의 골짜기로, 은자들이 숨어 살던 곳이다.

○ 화개로 가는 도중 花開途中

산은 몇 겹이나 중첩되고 물은 몇 굽이나 도는지	山幾重重水幾回
석양녘에 앞으로 나아가다 벌써 화개에 다다랐네.	夕陽前路已花開
또한 평평한 백사장엔 기러기떼 내려앉을 터이고	也應落雁平沙外
밝은 달 조각배도 내 돌아오길 기다리고 있겠지.	明月孤舟待我廻

○ 도탄에서 옛 일에 감개하다 陶灘 感古

참으로 아름답도다, 정일두[45] 선생이여	猗歟鄭一蠹
우뚝하게 후인이 나아갈 길 보이셨네.	巍卓後人程
우리 동방에서는 위대한 처사이시고	東方大處士
남쪽 지방에서는 노숙한 선생이셨네.	南國老先生
공을 모시는 것이 내 오랜 숙원이니	擧興齋宿願
맹인이 길을 찾듯 어둔 길 탄식하네.[46]	擿埴歎冥行

---

45 정일두(鄭一蠹) : 조선전기 도학자 정여창(鄭汝昌, 1450-1504)을 말한다. 일두는 그의 호이
다. 정여창은 젊어서 현 경상남도 하동군 화개면 덕은리 상덕마을에 은거하며 학문을
연마하였다.

46 맹인이⋯⋯탄식하네 : 『법언(法言)』「수신(修身)」에 "지팡이로 땅을 더듬어서 길을 찾아
어둠 속으로 나아갈 따름이다.[擿埴尋途 冥行而已矣]"라고 하였고, 그 주석에서 "식(埴)
은 땅을 말한 것인데, 맹인이 지팡이로 땅을 더듬어서 길을 찾는 것은 보통 사람이 밤길을
걷는 것과 같다."라고 하였다. 후인이 학문을 탐구함에 그 길을 알지 못하는 것을 일러
'명행(冥行)'이라 하였다.

길을 가다 도탄[47]의 강물을 건너서 　　　　　　　行渡陶灘水
말을 멈추니 되레 슬픈 생각이 드네. 　　　　　　停驂却愴情

○ **삽암[48]에서 회고하다** 鍤巖懷古

길에는 높은 수레 타고 달리는 이 많고 　　　　路多高蓋騖
은자의 각건 쓰고 돌아오는 사람 적네. 　　　人少角巾還
몇 사람이나 이 세상 밖으로 벗어나서 　　　幾箇風塵外
명예와 이익의 사이에서 초탈하였던고. 　　卓然名利間
맑고도 진실한 고려시대 한 녹사[49]는 　　　清眞韓錄事
두류산 속에 깊숙이 은거해 살았다네. 　　　窈窕頭流山
담장 넘어 은거한 자취 묻고자 하는데 　　　欲問踰垣跡
텅 빈 바위에 석양이 차갑기만 하다네. 　　虛巖夕日寒

---

47 도탄(陶灘) : 현 경상남도 하동군 화개면 덕은리 상덕마을 앞의 섬진강 가를 말한다.
48 삽암(鍤巖) : 현 경상남도 하동군 악양면 평사리 섬진강 가에 있는 바위이다.
49 한 녹사(韓錄事) : 고려 최씨정권 때 가족을 이끌고 지리산에 은거한 한유한(韓惟漢)을 말한다. 조정에서 그에게 대비원 녹사(大悲院錄事) 벼슬을 내렸으나 끝내 나아가지 않았다.

○ 가서 악양에 도착하다 行到岳陽

가을바람 맞으며 서쪽으로 가 악양루에 오르니   秋風西上岳陽樓
이 누각은 밤이나 낮이나 천지간에 떠 있구나.   樓在乾坤日夜浮
머리 돌려 두류산 향하니 어느 곳이 그곳인지?   回首向山何處是
안개 낀 물결 위로 외로운 배 타고서 돌아가리.   煙波歸計一孤舟

○ 섬진강을 내려오는 배 안에서 일두 선생의 시[50]에 공경히 차운하다 蟾江舟中 敬次一蠹先生韻

목란 배는 흔들흔들 계수나무 노는 삐걱삐걱   搖蕩蘭舟桂櫓柔
피리소린 처량한데 밝고도 드높은 가을 하늘.   笛聲寥亮遠天秋
지리산을 다 보고서 섬진강에 배를 띄웠으니   觀盡千峯江上汎
당시 그 풍류를 선생 혼자 맛보신 건 아니리.   當年未必獨風流

---

50 시 : 일두(一蠹) 정여창(鄭汝昌)이 지은 「악양(岳陽)」을 가리킨다. 내용은 다음과 같다. "바람결에 부들은 살랑살랑 흔들리고, 사월의 화개 땅은 보리 이미 익었다네. 두류산 천만 봉을 모두 다 둘러보고, 외로운 조각배 타고 또 큰 강을 내려가네.[風蒲泛泛弄輕柔 四月花開麥已秋 看盡頭流千萬疊 孤舟又下大江流]"

○ 양정재 어른의 시에 차운하다 和養正丈韻

돛단배를 저어서 갈대 핀 물가에 정박하니　　　孤舟移泊荻花汀
구월의 가을 강에 오경[51] 새벽이 되었구나.　　九月秋江近五更
강 너머 단풍 숲 어디서 범종소리 들려오나　　禪鐘何處江楓外
한밤중 한산사의 그 종소리[52]와 비슷하구나.　彷彿寒山半夜聲

○ 곤양으로 돌아오는 도중 昆山途中

산은 맑고 물은 깨끗해 진경 찾아 떠났다가　　山明水潔去尋眞
세상 밖 별천지에서 열흘씩이나 보냈구나.　　物外乾坤送一旬
온 골짝의 연하 보며 모두 시로 그려냈으니　萬壑煙霞收拾盡
두류산 풍경은 응당 퇴색했으리라 여겨지네.　頭流風景想應貧

---

51 오경(五更) : 새벽 3~5시 사이를 일컫는다.

52 한산사의……종소리 : 한산사(寒山寺)는 중국 강소성 소주(蘇州)에 있는 사찰로, 당나라
때 한산(寒山)과 습득(拾得)이라는 승려가 살던 곳이다. 당나라 시인 장계(張繼, ?~779)
가 과거시험에 낙방하고 돌아오다가 이곳에서 하룻밤을 유숙하며 느낀 쓸쓸한 심정을
「풍교야박(楓橋夜泊)」이라는 시로 노래했는데, 그 내용은 다음과 같다. "달 지고 까마귀
우는데 하늘엔 서리 가득, 강풍교의 어선 불빛 수심에 차 바라보네. 고소성 밖에 있는
저 한산사에서, 한밤중 종소리가 나그네 뱃전까지 들리네.[月落烏啼霜滿天 江楓漁火對
愁眠 姑蘇城外寒山寺 夜半鍾聲到客船]" 여기서는 장계가 배 안에서 한밤중에 듣던 그
한산사의 종소리와 유사하다는 말이다.

출전: 『서계집(西溪集)』 권1, 「유두류산기행(遊頭流山記行)」

일시: 1736년 가을

일정: 진주-사곡(士谷)-하동 모한재(慕寒齋)-도구대-덕천서원-내대-남대암-천왕봉-불일암-쌍계사-신응사-칠불암-화개-악양

저자: 박태무(朴泰茂, 1677-1756)

자는 춘경(春卿), 호는 서계(西溪), 본관은 태안(泰安)이다. 능허(凌虛) 박민(朴敏)의 증손으로, 아버지는 황해도 수군절도사를 지낸 박창윤(朴昌潤)이고, 어머니는 진주 하씨(晉州河氏)로 하달영(河達永)의 딸이다. 괘호정(掛壺亭) 하정(河瀞)의 문하에서 수학하였다.

일찍부터 학업에 전념하여 1719년(숙종 45) 증광시(增廣試)에 합격하였으나 출사하지 않았다. 1696년부터 진주(晉州) 남내동(南柰洞) 지계(芝溪) 서쪽에 서계서실(西溪書室)을 짓고 독서하였으며, 권두경(權斗經)·하덕망(河德望) 등과 교유하였다. 진주 대각서원(大覺書院)과 임천서원(臨川書院) 등의 강회(講會)에 나아가 경전의 뜻을 강론하였다.

1708년(숙종 34) 학계가 너무 이기론(理氣論)에 천착함을 온당치 못하다고 여기고 이재(李栽) 등과 예교(禮敎)를 실천궁행(實踐躬行)하는 것만이 치민(治民)의 대도라고 주장하였으며, 1731년(영조 7)에는 근기(近畿) 일원에 분분하던 '유석일본지론(儒釋一本之論)'에 대해 성호(星湖) 이익(李瀷)과 누차 논석(論釋)하였다.

1728년(52세) 무신란 때 여러 군에서 창의하자 가정(家丁) 수백여 명과 창곡 수백 섬 등 집안의 재물을 모두 내어 군사를 도왔다. 가족들이 먹을 것이 없다고 걱정하자, "나라가 위급한데 가족을 어찌 구휼하리오."라고 하였다.

「유두류산기행」은 박태무가 60세 되던 1736년(丙辰年)에 지리산을 유람하고 지었다. 증조부 능허 박민은 부사(浮査) 성여신(成汝信)·매촌(梅村) 문홍운(文弘運) 등과 함께 1616년 9월 지리산 청학동을 유람하였다. 박태무는 이해 가을에 증조부의

사우록(師友錄)을 완성한 후 지리산을 유람하였다.

저술로는『서계집』외에『동유사우록(東儒師友錄)』·『진양향현록(晉陽鄕賢錄)』·
『소학촬요(小學撮要)』·『환성록(喚醒錄)』등이 있다.

바다와 산을
모두 가슴에 품었도다

이갑룡의 유두류작

바다와 산을 모두 가슴에 품었도다

이갑룡李甲龍의 유두류작遊頭流作

○ 폭포 瀑沛

방장산 유람하다 기이한 명승 하나 얻었으니	方丈山中得一奇
천 길 석벽에 하얀 천을 드리운 폭포였다네.	千尋石壁素絲垂
청련¹은 여산폭포가 있는 줄만 알았겠지!	靑蓮只解廬山瀑
진정 그게 은하수인지 전혀 알지 못했구나.²	眞是銀河了不知

---

1 청련(靑蓮) : 당나라 때 시인 이백(李白)을 말한다.

2 청련은……못했구나 : 이백이 지은 「망여산폭포(望廬山瀑布)」에 "향로봉에 햇살 비추니 붉은 안개 피어나고, 멀리 폭포를 바라보니 앞 시내를 걸어놓은 듯. 삼천 척을 날아서 곧 장 떨어지니, 은하수가 하늘에서 흘러내리는 듯.[日照香爐生紫煙 遙看瀑布掛前川 飛流直下三千尺 疑是銀河落九天]"이라고 하였다. 여기서는 그 마지막 시구의 내용을 기롱한 것이다.

○ 천왕봉 일월대에 올라 비를 맞으며 짓다 登天王峰日月臺 値雨作

천왕봉에 올라 회포를 펴보려고 했는데 　　　　　大擬登臨好抱開
뜬 구름 어이하여 서쪽에서 몰려오는지. 　　　　　浮雲何事自西來
잠깐 새 뒤덮어서 천지가 온통 구름이라 　　　　　須臾蔽盡乾坤闊
신령이여, 이 시골나그네 시기하지 마오. 　　　　　莫是山靈野客猜

○ 천왕당³에서 유숙하다 이틀 뒤 다시 일월대에 오르다
　 留宿天王堂 再明日 復登日月臺

방장산 올라보니 높이가 구름과 나란하여 　　　　　登臨方丈與雲齊
세상의 삼라만상이 다 한 눈에 들어오누나. 　　　　納納乾坤入眼低
어찌하면 회오리바람 타고 구만리를 날아 　　　　安得扶搖九萬翼
곧장 이 정상에서 하늘 위로 날아오를까. 　　　　直從絶頂上天梯

○ 또 앞의 시에 차운하다 又次前韻

천신이 먹구름 쓸어내어 맑은 하늘 열리니 　　　　天掃頑雲霽色開
강호의 한 줄기 바람이 서쪽에서 몰려오네. 　　　　湖風一陣自西來

---

3 천왕당(天王堂) : 지리산 천왕봉 꼭대기에 있던 성모사(聖母祠)를 가리킨다. 천왕봉에 오른 유람객의 숙소로 활용되곤 하였다.

비로소 만 리의 천하를 다 보고 나서야   始窮萬里乾坤眼
산신령이 나를 시기하지 않은 줄 알았네.   須識山靈不我猜

○또 읊다 又吟

방장산을 유람하려던 그 소원 풀고자   欲酬方丈債
지금 벗들과 함께 산행을 떠나왔었지.   今與故人同
바다와 산들을 모두 가슴속에 품었고   海嶽皆胸裏
하늘과 땅을 다 눈으로 실컷 보았네.   乾坤卽眼中
헝클어지고 쳐진 태고의 풀들이며   鬖髿太古草
병들어서 말라버린 오래된 소나무들.   瘦瘦幾年松
내 평생의 소원을 이루게 될 줄이야   得遂平生願
앞으로의 여정도 여기서부터 통하리.   前程自此通

○기축년(1769)에 다시 두류산을 유람하다 歲在黃牛 再遊頭流

방장산 높이 솟아 모든 산맥을 진압하는데   方丈山高壓峙流
오르고서야 뜬구름 같은 이내 몸을 깨닫네.   登臨轉覺一身浮
구름이 흩어졌다 모였다 비 소식 전하는 듯   雲容散合疑傳雨
바다 기운 자욱하게 흐리니 가을이 오려나.   海氣霏微欲作秋
속세에서 오래도록 근심걱정만 가득했는데   久向塵中憂熱惱

지금은 하늘가에 올라 와서 마음껏 노니네.　　　今來天上喜遨遊
호걸스레 읊으며 둘러보니 천지가 가물가물　　　豪吟四顧乾坤闊
끝없는 삼라만상 쉽게 다 볼 수가 없구나.　　　萬象無邊不易收

○ 금릉⁴의 벗 강석구(姜碩龜)-낙서(洛瑞)-가 신은⁵으로 나를 방문하여 하루를 유숙한 뒤 덕천으로 함께 갔는데, 가는 곳마다 서로 수창을 하였다. 9수이다. 金陵姜友碩龜洛瑞 以新恩訪余 留一日 因同往德川 隨處唱和 九首

1

흙을 깎아 계단 만들고 돌로 대를 쌓은 곳　　　斥土治階石作臺
얼마나 많은 시인묵객 오가며 들르게 했나.　　　幾敎騷客任還來
두 사람 뜻에 따라 외롭고 맑게 유람하며　　　秖緣兩意孤淸賞
언덕을 감아 도는 성난 물결 실컷 보았네.　　　剩看驚濤打岸廻

2

채찍으로 말을 몰아 산자락에 올라보니　　　短鞭驅馬傍山來
십 리의 강물 소리 우레처럼 울려 퍼지네.　　　十里長江響轉雷
대통소 가락이 청아하게 귀전에 들려와서　　　豪竹一聲淸入耳

---

4 금릉(金陵) : 현 경상북도 김천의 옛 이름이다.
5 신은(新恩) : 문과시험에 새로 합격한 사람을 일컫는다.

빗소리와 어우러져 시상을 북돋우곤 하네.   時時和雨惹詩懷

3

우연히 산속을 유람하는 나그네 되어   偶作山中客
벗과 함께 시냇가 정자에 기대앉았네.   共憑川上亭
영광스런 이번 행차 도울 것이 없기에   榮行無所助
한평생 쌓은 이내 우정을 증정한다오.   贈此百年情

4

이번의 우리 유람 적막하지는 않으니   今行不寂寞
대지팡이 나란히 청한함을 함께 했네.   雙竹供淸閒
술 마실 땐 취하기를 마다하지 않았고   對酒休辭醉
흉금을 펼 때는 기쁨 또한 극진하였지.   開襟且盡驩
긴 시냇물은 비가 내려 세차게 흐르고   長川乘雨急
늙은 나무는 가을이라 시들해지려하네.   老樹冒秋寒
오래도록 앉아 벗과 이야기를 나누니   坐久同人話
등잔불이 우리 마음 환하게 비춰주네.   燈花照膽肝

5

비를 무릅쓰고 도구대를 지나 와서   冒雨陶邱下
덕천서원 시정문에서 말을 멈추었네.   停驂時靜門
정자⁶ 있는 이곳은 속세가 아닐텐데   有亭非俗界

어딘들 무릉도원 아닌 데가 없구나.   無處不桃源
산수의 기이한 볼거리로도 충분한데   山水奇觀足
연하는 태곳적 그 모습 그대로구나.   烟霞古態存
밤이 깊을수록 술맛이 더욱 좋으니   夜深酒更好
맑은 자리에 혼매한 번뇌 사양하리.   清坐謝昏煩

6

층층 봉우리 우뚝하여 그윽하고 깊은 줄 알겠고   層巒束聳覺幽深
빙 두른 섬돌에 옥 같은 여울소리 더욱 좋구나.   繞砌瓊湍更好音
한 줄기 피어오르는 분향에 유람객은 감흥하고   一朶天香遊客興
시냇가 새소리 두어 가락에 고인의 마음 전하네.   數聲溪鳥故人心
그윽한 심경은 서원 앞의 은행에 걸린 달인 듯   幽情月上壇前杏
시상은 물 건너 숲에 자욱한 연하로 떠오를 듯.   詩思烟籠水外林
듣자니 가야산에서 그대와 만나기로 했다는데   聞說伽倻君有約
절룩거리는 노새 타고 훗날 다시 서로 만나세.   蹇驢他日欲相尋

7

오대사⁷는 속세와 떨어진 별천지에 있구나   五臺寺在別般天

---

6 정자 : 덕천서원 앞에 있는 세심정(洗心亭)을 가리킨다. 남명(南冥) 조식(曺植)의 문인 수우당(守愚堂) 최영경(崔永慶)이 유식(遊息)하던 곳이다.
7 오대사(五臺寺) : 현 경상남도 하동군 청암면 위태리에 있는 사찰이다.

누각 위에선 학을 탄 신선을 부를 수 있으리.　　　樓上堪招鶴背仙
삼나무 구유로 속세 일을 모두 씻으려 하니　　　　欲向杉槽塵事洗
종소리와 밝은 달빛이 깊은 잠을 흔드누나.　　　　鍾聲伴月攪昏眠

8

이곳의 기이한 볼거리 영남에서 제일이로다　　　　此地奇觀擅嶺區
남여 타고 팔월 어느 날 이 누각에 올랐다네.　　　藍輿八月更登樓
승려는 멧부리의 산색을 보라며 창문을 열고　　　僧推岾色開紋戶
나그네는 시냇가에 가서 맑은 물로 양치하네.　　　客踏溪聲漱玉流
취기가 문득 사라지게 가을비는 오래 내리고　　　酒興頓消秋雨久
시인의 심정 넘쳐나게 저녁노을 피어오르네.　　　詩情剩得晚霞浮
밤새도록 나눈 대화 오히려 싫증나지 않으니　　　通宵穩話猶無厭
내일이면 그대와 함께 멀리 물가를 지나겠지.　　　明日同君過遠洲

9

대나무 끝에 달이 막 떠오르니　　　　　　　　　竹梢月初上
밤 풍경 다시 맑고도 신선하네.　　　　　　　　夜景更清新
이 한 장의 시를 쓴 두루마리를　　　　　　　　贈此一張紙
평생의 막역한 벗에게 건넨다오.　　　　　　　　平生莫逆親

출전: 『남계집(南溪集)』 권1, 「유두류작(遊頭流作)」

작품 설명: 이갑룡은 1754년 5월 10일부터 16일까지 7일 간 지리산을 유람하고 「유산록(遊山錄)」을 지었다. 이때의 유람 코스는 덕산-중산리-천왕봉에 올랐다가 덕산으로 하산하는 일정이었다. 위 작품에 의하면 1769년 다시 지리산을 유람했으며, 두 번의 유람에서 지은 작품을 「유두류작」으로 묶어 문집에 실은 듯하다.

저자: 이갑룡(李甲龍, 1734-1799)

자는 우린(于麟), 호는 남계(南溪), 본관은 성주(星州)이다. 매월당(梅月堂) 이하생(李賀生)의 5대손으로, 부친은 통덕랑(通德郎)을 지낸 이집(李㙫)이고, 모친은 진양 강씨(晉陽姜氏)이다.

현 경상남도 산청군 단성면 사월리(沙月里)에서 태어났다. 15세 때 태와(台窩) 하필청(河必淸)에게 경서를 배웠다. 29세 때 문과에 급제하여 성균관 전적(成均館典籍)이 되었고, 51세에 정의현감(旌義縣監)에 제수되었다. 64세 때 사헌부 장령(司憲府掌令)에 제수되었으나 곧 그만두고 고향으로 돌아와 후학 양성에 힘을 쏟았다. 문집으로 『남계집』이 있다.

비로소 알겠구나,
우리의 참된 인연을

하봉운의 방장기유록

비로소 알겠구나, 우리의 참된 인연을

하봉운河鳳運의 방장기유록方丈紀遊錄

내가 덕산서원의 원임으로 있을 때 석범(石帆) 문희여(文希汝),[1] 도동(道洞)의 허치원(許致遠),[2] 단계(丹溪)의 박시익(朴時益),[3] 소남(召南)의 조윤익(趙允益),[4] 응동(鷹洞)의 곽사유(郭士由),[5] 지계(芝溪)의 박원일(朴元一),[6] 덕촌(德村)의 김내규(金乃規),[7] 중산(中山)의 성관지(成貫之)[8] 등 아홉 사람이 약속하지도 않았는데 한 자리에 모였다. 마침내 지리산에 오르는 여행을 정하였으니, 그때가 병신년(1836) 가을 9월 6일이었다.

---

1 문희여(文希汝) : 희여는 자이고, 석범은 호인 듯하나 이름은 자세치 않다.
2 허치원(許致遠) : 치원은 자이며, 이름은 자세치 않다.
3 박시익(朴時益) : 시익은 자이며, 이름은 자세치 않다.
4 조윤익(趙允益) : 윤익은 자이며, 이름은 자세치 않다.
5 곽사유(郭士由) : 사유는 자이며, 이름은 자세치 않다.
6 박원일(朴元一) : 원일은 자이며, 이름은 자세치 않다.
7 김내규(金乃規) : 내규는 자이며, 이름은 자세치 않다.
8 성관지(成貫之) : 관지는 자이며, 이름은 자세치 않다.

지나는 길에서 본 것을 대략 기록하여 방장유록으로 삼는다. 余以院任德山
也 石帆文希汝 道洞許致遠 丹溪朴時益 召南趙允益 鷹洞郭士由 芝溪朴元一 德村金
乃規 中山成貫之 凡九人 不期而會 遂定上山之行 時則丙申秋九月六日也 略記歷路
所觀 爲方丈遊錄

○ 산행에서 즉흥적으로 쓰다 4수 山行卽事 四首

십 년 동안 준비해 온 이번 지리산 유람	十載經營卽此遊
높고 험하고 깊고 그윽함을 어찌 꺼리리.	豈憚高峻與深幽
벼랑 잡고 바위 타며 힘든 줄도 모르니	攀崖緣石渾忘倦
바로 명산을 유람하는 구월 가을이라네.	正値名山九月秋

우리 일행은 하루 종일 숲속을 걸었는데　　　五行盡日樹林中
앞길은 희미하여 한 가닥 길만이 뚫렸네.　　　前路微微一線通
한 걸음씩 나아가는 공부 모쪼록 힘써서　　　進進工夫須共勉
내일 아침 함께 최고 봉우리에 올라보세.　　　明朝同上最高峰

맑은 시내 건너자 구름 끝에 올라온 듯　　　淸溪纔渡上雲端
산길이 험악하여 오르기 더욱 어렵구나.　　　山路崎嶇去益難
위태로운 바위 많아 지팡이만 의지하고　　　巖石多危惟信杖
넝쿨에 자주 걸려 번번이 갓이 벗겨지네.　　　藤蘿頻觸每絓冠
지날 때면 언제나 정신이 아찔하였는데　　　經時每覺精神眩

오르는 그 곳을 뉘라서 안전하게 밟으리.　　　　升處誰能步履安

두류산 진면목이 지척 거리에 보이는데　　　　眞面頭流臨咫尺

꿈에서 본 그때보다 훨씬 더 웅장하구나.　　　　却勝當日夢中看

집 떠나 사흘 만에 이 산에 들어왔는데　　　　離家三日到山中

초라한 행색에 지팡이 하나 들었을 뿐.　　　　行色蕭然但一節

지리산의 봉우리는 천 길이나 우뚝하고　　　　智異仙峯千仞屹

가을바람에 시인 아홉이 함께 오른다네.　　　　秋風騷客九人同

형산에서 맑은 날씨 바란 글[9]을 써야지　　　　將抽衡岳開雲筆

술 바라던 여산 노인[10]은 배우지 않으리.　　　　不學廬山乏酒翁

심향을 준비해서 일제히 축원을 고하니　　　　一瓣心香齊告祝

바다까지 맑게 개여 허공이 툭 트였네.　　　　海門遙霽廓靑空

---

9 한유가……글 : 당나라 한유(韓愈)가 형산(衡山)에 갔을 때 음기가 자욱하여 산천의 경계
　　를 구경할 수 없었는데, 글을 지어 산신에게 기도하자 날이 개었다고 한다. 한유의 『창려
　　집(昌黎集)』 권3 「형악묘에 참배하고 마침내 악사에서 묵으며 문루에 쓰다[謁衡嶽廟 遂
　　宿嶽寺 題門樓]」 참조.

10 여산에……노인 : 동진(東晉) 때 여산(廬山) 동림사(東林寺)의 고승 혜원(慧遠)이 결사
　　(結社)하고 도연명(陶淵明)을 초청했는데, 도연명이 술이 없으면 가지 않겠다고 하였다.
　　혜원이 술 마시는 것을 허락하자, 도연명이 비로소 참여하였다고 한다.

○ 향적대 香積臺

-지리산에 향적대가 있다. 도리를 엮어 사방으로 둘렀으며, 온돌방이 있어 매우
따뜻하였다. 이날 밤 이곳에서 기숙했다. 山有香積臺 結架四遮 有突甚溫 是夜寄宿

향적대에서 함께 자는 것도 기이한 일인데	聯枕香臺亦一奇
내 집처럼 깊숙하여 매우 편하고 따뜻했네.	邃如房舍甚便宜
탁주 세 잔에 호걸스런 기상이 생겨나니	三杯濁酒生豪氣
산꼭대기에 나아가 해 뜨기를 기다리리라.	須趁山頭日出時

○ 문장암 文章巖

귀신이 아끼고 보호하여 몇 해가 지났던가	神慳鬼護幾經秋
바위 이름 문장대라 아마도 연유가 있으리.	巖號文章蓋有由
전하는 말 듣자하니, 당시 신라 최 학사가	聞道當時崔學士
젊은 나이에 이 산에 와서 유람 하였다지.	妙年來作此山遊

○ 부경암 浮磬巖

경쇠로써 이름을 붙였으니 의도가 있으리	名之以磬有心哉
천추의 세월에도 바위엔 이끼가 끼지 않네.	巖面千秋不着苔
우주가 처음 만들어질 땐 산도 바다였으니	肇判之初山亦水
아마 사수[11]에서 떠서 여기까지 왔으리라.	想應浮自泗濱來

○ 운장암 雲藏巖

창고 같은 모습으로 산 옆에 우뚝 선 바위	形如倉府立山傍
천고를 내려오며 몇 겁의 성상을 지났는지.	千古經來幾劫霜
시인이 영원히 보지 못할까 염려스럽지만	秪恐詩人長蔽眼
좋구나, 구름이 이 바위를 숨겨 주는 것은.	好將雲氣盡斯藏

○ 대궐 터 大闕墟

아득한 태곳적에 삼한이 처음 나라를 열 때	蒼古三韓肇國初
일찍이 이 산에다 왕도를 정했다고 하였지.	王都曾卜此山於
그 옛날의 궁전은 지금 어느 곳에 있는건지	舊時宮殿今何在
오래도록 나그네에게 옛터를 가리키게 하네.	長使行人指舊墟

○ 벽계사 碧谿寺

신라 때 그 고사[12]를 증명할 이 아무도 없고	新羅故事證無人
붉은 나무의 부도는 그 자취가 이미 묵었네.	紅樹浮屠跡已陳

---

11 사수(泗水) : 공자가 살던 노나라 곡부(曲阜) 지역을 흐르는 강 이름이다.
12 고사(故事) : 지리산 법계사는 신라 때 연기조사(緣起祖師)가 창건했다는 일화를 가리키는 듯하다.

온종일 산행을 하고도 절을 보지 못했으니   盡日山行無見寺
푸른 닭[13] 울음이 끊어진 지 천년이 되었네.   碧鷄聲斷已千春

○ 공암 孔巖

허공에 매달린 모습은 층층의 대를 보는 듯   懸空恰似仰層臺
바위틈으로 한 가닥 길이 뚫려서 통하누나.   巖隙中通一線開
다행히 구름사다리가 그 위에 놓여 있어서   幸有雲梯其上在
속인들 이를 통해 모두 이 산을 오른다네.   世人從此盡登來

○ 삼일 시장 三日市

진한 때의 자취는 아득한 옛 일이 되었으니   辰韓往迹已先天
물거품 같은 세월은 몇 백 년이나 지났는가.   泡劫經來幾百年
듣자하니 그때는 재물을 유통하던 길이라지   聞道玆時通貨路
삼일장이란 이름이 지금까지 전해 내려오네.   市名三日至今傳

13 푸른 닭 : 작자는 벽계사를 '푸른 닭이 울던 절'을 뜻하는 이름으로 본 듯하다.

○ 천왕봉 3수 天王峰 三首

영남과 호남 사이에 우뚝하니 솟은 봉우리	蒼然獨立嶺湖中
그 모습은 장엄하고 그 형세는 웅장하구나.	儀像端嚴體勢雄
팔도의 조선 땅은 치우친 작은 나라이지만	八域朝鮮偏小國
삼신산 중 방장산이 제일 높은 봉우리라네.	三神方丈最高峰
눈앞에 보이는 거라곤 검푸른 바다뿐이고	眼前所見惟滄海
머리 위로 밝게 드리운 것은 파란 하늘뿐.	頭上昭臨但碧穹
일월대¹⁴ 정상에서 좋은 모임 만들었는데	日月臺巓成好會
세인들은 왕자교와 적송자¹⁵를 바라겠지.	世人遙望盡喬松

아득한 신선세계 무척이나 오르기 어려우니	迢迢仙境絶難攀
빼어난 시인 위해 그토록 숨기고 아꼈으리.	應爲詩豪久秘慳
눈을 들어 바라보면 바다를 유람하는 듯	擧眼仍兼遊海上
돌아보면 황홀하니 구름 끝에 앉아있는 듯.	翻身怳若坐雲端
풍류남아 우리들 속세의 숙원을 풀었으니	風流吾輩酬塵債
개벽 때의 신묘한 솜씨 그 아름다움 보았네.	開闢神功見好顔
팔도의 기이한 볼거리 모두 이 산에 있으니	八域奇觀都在是

---

14 일월대 : 천왕봉 언저리에 있는 바위를 말한다. '해와 달을 볼 수 있는 곳'이라 하여 이름하였으며, 지금도 각자가 남아 있다.

15 왕자교와 적송자 : 원문의 '교송(喬松)'은 중국 전설 속 신선인 왕자교(王子喬)와 적송자(赤松子)를 병칭한 말이다.

이제부터 산을 오르지 않더라도 괜찮으리.　　　　從今不妨廢登山

지극히 높아서 보이는 거라곤 없고　　　　至高無所見
우주는 텅 비어 아련하게 보일 뿐.　　　　宇宙空濛濛
그 신이로움에 놀라울 것도 없지만　　　　未有驚神異
끝내 뭇 봉우리보다 높이 솟았네.　　　　終能絶衆同
가슴 속 회포를 상쾌하게 해줄 뿐　　　　但可襟懷爽
어찌 눈길 닿는 데까지 다 보리오.　　　　何能眼界窮
날아오르는 게 내 평생의 소원인데　　　　飛動平生意
먼 하늘에서 만 리 바람 불어오네.　　　　長天萬里風

○ 일출 3수 日出 三首

기나긴 밤 하염없이 꿈속에서 취했는데　　　　長夜漫漫醉夢中
누가 능히 지척에서 동쪽 서쪽 분변하리.　　　　誰能咫尺辨西東
만 리 밖 동해에서 뜨는 해를 맞이하려　　　　扶桑萬里迎烏婦
제일봉인 천왕봉에 먼저 와서 기다리네.　　　　先到天王第一峰

얼마 뒤 거울 같은 둥근 해가 떠올라서　　　　須臾一鏡好開圓
천 리 밖 동해바다 지척인 듯 선명하네.　　　　千里東溟咫尺然
저 아래 인가의 새벽닭이 어찌나 울던지　　　　下界人家雞幾唱

이 산의 아침해는 이미 하늘에 솟았네.　　　　　　此山朝日已昇天

한 자 둘레 노송나무 천 년이나 되었고　　　　　　檜纔盈尺千年後
오월이 될 때까진 눈도 녹지 않는다네.　　　　　　雪不成泥五月前
산들산들 선계바람 양 겨드랑에서 부니　　　　　　颯颯仙風噓兩腋
비로소 알겠구나, 우리의 참된 인연을.　　　　　　始知吾輩有眞緣

○강산립이 보내 준 절구 한 수를 첨부하다. 서문도 아울러
　　附姜山立見贈一絶 並序

마침 여러분이 명승을 성대하게 구경한다는 인편을 접했지만, 저는 속세
의 인연이 다하지 않아 홀로 따라갈 수 없습니다. 다만 여러분이 하산할
때를 기다려 심정(心亭)[16]에서 만나 손을 씻고 여러분의 시를 열람하고자
합니다. 여러분은 큰 구경을 하려고 이곳에 왔으니, 모두 시를 읊을 것입
니다. 그러므로 삼가 졸렬한 솜씨로 절구 한 수를 지어 올립니다. 適值諸名
勝大觀之便 余俗緣未盡 獨不得從焉 第待下山之期 會于心亭 盥手閱詩 向來大觀 皆
在吟哯之中 故謹呈拙句一絶

백 년 만에 하루 밤 날씨가 맑았는데　　　　　　百年晴一夜

---

16 심정(心亭) : 자세하지 않으나, 덕천서원 앞의 세심정(洗心亭)을 가리키는 듯도 하다.

구월에 삼신산 방장산을 유람하시네.	九月見三山
푸른 하늘 위에서 편안한 밤 지내고	穩宿靑天上
시를 지어 인간세상으로 내려오시게.	題詩下世間

[작품 개관]

출전: 『죽헌유고(竹軒遺稿)』 권1, 「방장기유록(方丈紀遊錄)」

일시: 1836년 9월 6일부터 며칠 간

동행: 문희여 등 십여 명

저자: 하봉운(河鳳運, 1790-1843)

초명은 홍운(弘運)이고, 자는 치서(致瑞), 호는 죽헌(竹軒), 본관은 진양이다. 석계(石溪) 하세희(河世熙, 1647-1686)의 5대손이며, 송정(松亭) 하수일(河受一)의 9세손이다. 부친은 하우현(河友賢)이다. 현 경상남도 진주시 수곡면에 거주하였다.

열 살 때 부친을 여의고 종조부 함와(涵窩) 하이태(河以泰)에게 수학하였다. 이른 나이에 문중 일을 비롯하여 지역의 사풍(士風)을 진작시키는 여러 사업을 수행하였다. 예컨대 진주 연계재(蓮桂齋)를 중창하고, 진주향안(晉州鄕案)을 교감했으며, 하홍도(河弘度)의 문집인 『겸재집(謙齋集)』 등을 출간하였고, 덕천서원 원장을 맡아 남명정신 계승에도 크게 공헌하였다.

하봉운의 기행은 여러 곳에서 확인된다. 1830년에는 조희봉(趙熙鳳)과 함께 안동으로 가서 함벽루 – 팔공산 – 소호(蘇湖) – 청량산 등을 두루 유람하였고, 1836년 9월에는 지역 인사들과 함께 방장산에 올랐으며, 1842년 9월에는 칠불사와 쌍계사 방면을 유람하였다. 이 외에도 그의 문집에는 인근의 남해 금산(錦山), 합천 해인사, 하동 오대사(五臺寺)는 물론이고 성주 회연서원(檜淵書院) 등을 유람하고 쓴 기행시가 실려 있다. 그의 문집 『죽헌유고』는 하세희의 『서계유고(西溪遺稿)』에 합본되어 전한다.

오늘 밤에도
천왕봉엔 달이 떠오르겠지

민재남의 산중기행

오늘 밤에도 천왕봉엔 달이 떠오르겠지

민재남閔在南의 산중기행山中紀行

그 옛날 내가 서쪽으로 바닷가를 유람할 적에 가는 길이 기잠수(奇潛叟)[1]의 집을 지나게 되었다. 잠수가 말하기를 "산과 바다를 유람하는 사람은 흥취에 이끌리기는 쉽지만 명승을 다 구경하기는 어렵습니다. 그대는 이번 행차에서 얻은 것이 있습니까?"라고 하였다. 그 의도는 대개 내 기행을 보고자 하는 것이었다. 그래서 내가 말하기를 "흥취에 이끌리는 자라고 해서 반드시 명승을 다 구경할 수 없는 것은 아닙니다. 그러나 사물을 보는 눈은 서로 비슷하지만, 마음으로 취하는 바는 다른 점이 있습니다. 공자의 말씀으로 논하자면, 태산에 올라 구경하신 것[2]과 냇가에서 흘러가는 물을 보고 탄식하신 것[3]을, 어찌 산란한 마음으로 유람하

---

1 기잠수(奇潛叟) : 노사(蘆沙) 기정진(奇正鎭, 1798-1879)을 말한다. 잠수는 그의 호이다.
2 태산에……것 : 공자가 태산에 올라 천하를 작게 여긴 것을 말한다. 『맹자』 「진심 상(盡心 上)」에 보인다.

는 저의 경우와 견줄 수 있겠습니까? 저와 같은 사람은 과연 흥취에 이끌릴 뿐입니다."라고 하였다. 그러자 잠수가 말하기를 "그대의 유람은 명승을 다 구경하는 것에 거의 가깝습니다."라고 하였다. 그래서 서로 바라보고 한 바탕 웃었다. 헤어질 적에 내가 말하기를 "두류산은 영남과 호남에 걸쳐 있는 거대한 진산으로 선현들은 올라 유람하지 않은 분이 없으니, 고운(孤雲)⁴·점필재(佔畢齋)⁵·일두(一蠹)⁶·남명(南冥)⁷이 그런 분들입니다. 만약 이 산을 유람하실 의향이 있다면 죽장에 짚신을 신고 천왕봉 위까지 그대를 모시고 가겠습니다."라고 하였더니, 잠수가 말하기를 "내 일찍이 이 산을 유람하는 데 뜻을 두지 않은 적이 없지만 노쇠함이 심하니 어찌 감히 유람하기를 바라겠습니까?"라고 하였다. 그로부터 7년 뒤에 나는 홀로 천왕봉에 올랐다. 당시 잠수가 한 말을 떠올려 보고, 늙고 광망한 내가 산수에 대해 겸손하지 않았던 점을 절로 부끄럽게 여겼다. 그래서 나는 장차 명승을 유람하는 도구를 가지고서 전에 했던 말을 수정하여 산수를 유람하는 사람의 법안을 삼으려 한다. 昔余西遊海上 路過奇潛叟 叟曰遊山海者 引興易濟勝難 子有得於今行乎 其意 盖欲觀余之紀行也 余曰 引興者 未必非濟勝 然覽物之目相似 而心之所取 則有異矣 以夫子論之

---

3 냇가에서……것 : 공자가 냇가에 서서 물을 보고 "흘러가는 것은 이와 같구나. 밤낮으로 쉬지 않는구나."라고 하였다. 『논어』「자한(子罕)」에 보인다.

4 고운(孤雲) : 최치원(崔致遠)의 호이다.

5 점필재(佔畢齋) : 김종직(金宗直)의 호이다.

6 일두(一蠹) : 정여창(鄭汝昌)의 호이다.

7 남명(南冥) : 조식(曺植)의 호이다.

則登泰之觀 在川之歎 豈吾遊散之所可彷彿哉 若余者 果引興而已 曳日 子於濟勝 幾
矣 相視一笑 臨分 余曰 頭流嶺湖巨鎭 而前賢無不登覽 孤雲畢齋一蠹南冥 是已 倘今
有意 則竹杖芒鞋 從子于天王峰上矣 曳日 未嘗無意 而衰甚矣 敢望乎 後七年 余獨登
臨 憶曩曳語 自愧老狂之不廉於山水也 將以濟勝之具 以塞前言 爲遊賞者眼藏耳

○두류산 頭流山

일찍이 방장산에 신령이 있다 들었는데	夙聞方丈有仙靈
제일봉인 천왕봉은 태청궁에 접해 있네.	第一天王接太淸
속세의 육십 평생 덧없이 머리만 세었고	塵土六旬空白首
높은 곳에 훌쩍 올라 바람 몰고 떠가네.	翩然高擧御風行

○고등치[8]를 넘다 踰高登峙

바위로 된 고등치 길 점점 깊이 들어가니	石路高登漸入深
온 산 울창한 숲속에는 새소리만 들릴 뿐.	滿山幽木但聞禽
느릿느릿 지친 발길 지팡이에 의지해 가니	遲遲倦脚依筇去
되레 한가할 때 정좌하고 있는 마음 같네.	却似閑中靜坐心

---

8 고등치 : 현 경상남도 산청군 금서면 방곡리에서 수철리로 넘어가는 고개를 말한다.

○ 화림암⁹에서 묵다 宿花林菴

맑은 새벽 향이 쌓인 부처 앞에서 공양하는데   清晨香積佛前供
정병(淨瓶)과 발우 중간에 나그네 함께 앉았네.   瓶鉢中間客坐同
불가에서 꺼리는 건 강과 바다서 나는 수산물   所忌禪家江海族
소반 가득 산채는 고사리 순무로 만든 반찬들.   滿盤山蔌是薇菁

○ 오봉촌¹⁰ 서당을 지나가며 過五鳳村書堂

손님에게 절하고 달려 나올 줄 아는 산골 풍속   峽俗猶知拜客趨
행하고 여력으로 글 배우라는 말¹¹ 진실하구나.   行餘學文亦難誣
김씨 성의 노인은 나와 세교가 있는 집안사람   金姓老人通世好
외진 곳에 살아서 선비가 못 되고 부끄럽다네.   自言居陋愧非儒

산에 살아 산으로 난 길을 익히 알고 있기에   居山慣識上山程
그대가 우리 산행 은근히 인도하는 덕을 보네.   賴子懃懃導我行
쌀을 넣은 전대, 장을 담은 병도 다 챙겼으니   囊米瓶漿裝束盡

----

9 화림암 : 현 경상남도 산청군 금서면 오봉리에 있는 화림사를 가리킨다.
10 오봉촌 : 현 경상남도 산청군 금서면 오봉리를 일컫는다.
11 행하고……말 : 『논어(論語)』「학이(學而)」에 보이는 말로, 공자의 말씀을 일컫는다. 공자
   는 효제충신(孝悌忠信)과 같은 인간자세를 먼저 확립하고 나서 글을 배우라고 하였다.

높고 험한 곳도 평지처럼 어려워하지 않았네.　　　不艱高險視如平

○ 철점촌을 굽어보면서　俯瞰鐵店村

산골짜기 끝나는 곳 철로촌에 도달하니　　　山磎窮到鐵爐村
넝쿨이 계단에 뻗고 바위가 문을 가렸네.　　　蘿葛登階石掩門
그대에게 묻노니 가을에 세금을 내는가?　　　問爾秋無王稅否
인적 끊어져 흡사 무릉도원인 듯하구나.　　　人烟迢絶似桃源

○ 소년대　少年臺

숲속에서 길을 잃어 앞서 간 일행 부르고　　　林中失路喚前行
일행은 봉우리 위로 나와 풀밭에 앉았네.　　　行出峰頭草坐平
기이한 명승은 곳곳에서 새로운 모습인데　　　奇勝每多新面目
그대 손으로 가리키며 소년대라 알려주네.　　　須君指示認臺名

○ 점심에 청옥채를 먹다　午食靑玉菜

청옥채를 삶아서 토종 간장에 버무리니　　　菜莖因煮土漿瓶
첫 맛은 청신했고 뒷 맛은 향긋하였네.　　　初味淸新更覺馨
이번 산행 점점 산채 맛에 빠져드는데　　　此行漸入啖蔗境

이제 상상봉이 몇 리의 일정만 남았네.　　　　　　　上上峰頭第幾程

○ **중봉에서 묵다** 宿中峰

간신히 중봉에 도달하니 벌써 해가 저물고　　　　　纔到中峰已夕暉
하늘 바람 엄숙하여 바다 구름이 흘러가네.　　　　天風如肅海雲歸
허공에 높이 올라앉으니 산간은 적막한데　　　　　高坐虛空山寂寞
모골이 솟구쳐서 신선이 되어 날아가는 듯.　　　　竦然毛骨幻羽衣

밤새도록 나무를 태워 추위를 막을 만한데　　　　終夜燃樵可御寒
수시로 일어나 앉아 먼 하늘 끝을 바라보네.　　　　時時坐起遠天看
얼마 뒤 동이 터서 바위 길을 분변하겠기에　　　　俄者晨光巖路辨
다시 지팡이 짚고 재촉해 봉우리에 올랐네.　　　　更裝筇屐促登巒

숲을 헤치고 절벽을 뚫으며 오르락내리락　　　　披林穿壁乍高卑
쓰러진 나무는 사다리 되고 풀들이 덮였네.　　　臥木因梯積草圍
산은 아마도 사람 따라 메아리를 치겠지만　　　　山意隨人虛響動
걸어갈수록 점점 더 오싹하고도 두렵구나.　　　　踏來稍稍凜生危

○상봉에 오르다 登上峰

하늘 바람 문득 표표히 사람에게 불어오니   天風飄忽送人來
이곳은 만 길의 천왕봉 꼭대기 일월대라네.   萬仞峰頭日月臺
내 평생 우활하고 졸렬한 나그네였지마는   自信平生迂拙客
잠시 마음과 눈으로 저 하늘을 둘러보네.   暫時心目匝天回

탄식 한 번 내뱉고 마음 다시 가라앉혀서   一發獻欷更定情
애써 시를 읊조리나 졸렬해서 소용없네.   强謀詩唱拙無聲
삼청궁[12]의 달빛과 이슬은 허공의 물체요   三清月露虛空物
백 겁의 풍진 속엔 이 세상의 중생들이라.   百劫風塵下界生
대륙은 평평한데 연무 낀 바다가 넘쳐나는 듯   大陸平疑烟海漲
먼 봉우리들 에워싸서 비단 병풍을 둘러친 듯.   遠巒環似繡屏橫
이끼가 예전 사람이 쓴 바위 글씨 뒤덮었지만   苔封石面前人筆
천상의 신선들은 그 이름을 곧장 알게 되리라.   天上仙卽識姓名

먼저 모친의 장수를 기원해 신사에 절하고서   先祈母壽拜神祠
석상으로 모신 부인이 누구냐고 물어보았네.   石像夫人問是誰
우리 백성에게 복을 주며 남악을 진압하는 분   福我生民南嶽鎭

---

12 삼청궁(三清宮) : 도교(道教)에서 삼신(三神)인 옥청 원시천존(玉清元始天尊), 상청 영보
도군(上清靈寶道君), 태청 태상노군(太清太上老君)을 모신 집을 가리킨다.

마야부인 위숙왕후라는 구전은 의심스럽다네.　　摩耶威肅舊傳疑

숲속 노을 떠오르고 들판 구름이 돌아가더니　　林霞浮上野雲還
지척의 푸른 봉우리 자리에선 보이지도 않네.　　咫尺蒼顔坐失山
스스로 한하노니, 이번 산행 신선과 인연 적어　　自恨今行仙分少
우사¹³가 나그네 재촉해서 내려가게 하는구나.　　雨師催客下人間

산신령이 나를 불러 다시 더 머물라고 하는데　　仙靈呼我更留期
단풍과 국화 핀 가을이 가장 기이한 볼거리라.　　楓菊淸秋最見奇
대지의 티끌 기운 말끔히 씻어내어 새로우니　　大地氣埃新洗面
저물녘 산속 풍경 두 눈으로 자세히 바라보네.　　晚山光景細看眉
올 때는 학을 불러 금을 타는 것이 좋았으니　　來時喚鶴携琴好
갈 적엔 노새 끌고 술을 싣고 감이 제격일세.　　行處牽驢載酒宜
오늘 밤에도 천왕봉 위에는 달이 떠오를 테니　　是夜天王峰上月
그대들과 함께 검남의 시¹⁴를 서로 기뻐하리.　　共君相說劍南詩

---

13 우사(雨師) : 비를 주관하는 신을 말한다.

14 검남(劍南)의 시 : 송나라 때 육유(陸游)의 시를 일컫는다. 육유는 촉(蜀) 땅의 풍경을
　　좋아하여 그곳에 오래도록 살았으며, 자신의 시집을 지명을 따서 『검남시고(劍南詩稿)』
　　라 하였다.

○ 다시 화림암에 도착하다 重到花林

이슬이 옷을 적셔 티끌을 말끔히 씻어냈으니   玉露沾衣淨洗塵
하산하는 가벼운 발걸음 정신까지 산뜻하네.   出山輕步更精神
화림암의 승려는 험난한 길이라 말하지 말게   菴僧莫道艱關路
유생들 흥취 물가까지 이르기에 수고를 잊네.   措大忘勞興到濱

작품
개관

출전: 『회정집(晦亭集)』 권2, 「산중기행 17수(山中紀行十七首)」

일시: 1849년 윤4월 17일 – 4월 21일

동행: 노석룡(盧錫龍)

관련 유람록: 「유두류록(遊頭流錄)」

일정: • 4/17일: 산청 대포–덕천–구사촌–장현–중대촌–산지기 집
　　　 • 4/18일: 산지기 집–향양동–외대–내대–춘라대–신촌–밤머리재–노각
　　　　　　　 정–삼장촌–대원암
　　　 • 4/19일: 대원암
　　　 • 4/20일: 대원암–용추–율전곡–유두리–천왕봉–오봉촌–화림암–방곡–
　　　　　　　 자례촌–범천 박극로 집
　　　 • 4/21일: 범천 박극로 집–주암–대포

저자: 민재남(閔在南, 1802-1873)

자는 겸오(謙吾), 호는 회정(晦亭)·청천(聽天)·자소옹(自笑翁), 본관은 여흥(驪興)이다. 두문제현(杜門諸賢) 중 한 명이었던 농은(農隱) 민안부(閔安富)가 현 산청

군 생초면 대포리(大浦里)로 옮겨와 살면서 세거하게 되었다. 부친은 민이환(閔以瓛), 모친은 노릉(盧稜)의 딸인 풍천 노씨(豐川盧氏)이다.

1802년(순조 2) 4월 16일 함양 외가에서 태어났다. 7세 때 증조부 죽재(竹齋) 민정곤(閔禎坤)이 삼강오륜의 조목을 손수 써준 것을 계기로 글을 배우기 시작하였다. 자라서는 외숙부 물재(勿齋) 노광리(盧光履)에게 수학하였다.

과거에 세 번 응시하였으나 모두 낙방하였고, 그 후 산수를 유람하며 사우(師友)를 두루 찾아다녔다. 장성(長城)에 가서 노사(蘆沙) 기정진(奇正鎭, 1798-1879)을 만난 뒤 말단적인 학문을 배제하고 경례(經禮)에 침잠하여 마음을 수양하는 데 힘썼다. 1846년(헌종 12) 조모가 세상을 떠나자 모산(茅山)에 장사지내고, 탈상 후 묘 아래에 회정(晦亭)을 지어 장수(藏修)하는 곳으로 삼았다. 1867년(고종 4) 헌릉참봉(獻陵參奉)에 천거되었으나 나아가지 않았다. 저술로 『회정집』이 있다.

삼라만상
이 형상을 어찌 다 담아내랴

조성가의 두류록

삼라만상 이 형상을 어찌 다 담아내랴

조성가趙成家의 두류록頭流錄

○ 위치[1] 葦峙

유산은 아득히 상금[2]의 풍도를 이은 것이요	遊山遙繼向禽風
방장산은 원래 중국 오악과 대등한 산이라.	方丈元來五嶽同
소나무 뿌리가 바위에 뒤엉킨 험난한 길을	松根絡石崎嶇路
짚신 신고 떠가는 구름처럼 걷는 노인들.	草屨飛雲躄鑠翁
세간에 한가한 사람 적다고 말하지 말게	世間莫道閒人少
협곡 입구가 별천지로 통하는 줄 알겠네.	峽口方知異境通

---

1 위치(葦峙) : 현 경상남도 산청군 시천면 내공리에서 하동군 옥종면 위태리로 넘어가는 갈치재를 가리킨다.

2 상금(尚禽) : 중국 후한 때의 은사(隱士)인 상장(向長)과 금경(禽慶)을 일컫는다. 상장은 『노자(老子)』와 『주역(周易)』에 정통하였고 자녀를 다 출가시킨 후에는 벗인 금경과 함께 오악 등 명산을 유람하며 종적을 감추었다. 『후한서(後漢書)』 권83 「상장열전(向長列傳)」과 『도연명집(陶淵明集)』 권7 「상장금경찬(尚長禽慶贊)」에 보인다.

이번 산행에선 서로 노복이 되기로 약속해   約束今行爲互僕
옷자락 잡고 지팡이 메고 숲속에서 나오네.   褰衣負杖出林中

○ 공전촌 公田

두류산 가장 높은 봉우리에 올라갈 요량인데   擬上頭流最上峯
천 겹의 붉은 구름 멀리 시야에 짙게 보이네.   彤雲千疊望中濃
소나무 사이로 파리한 학 울음소리 들려오고   松間聽咳知癯鶴
석굴에선 늙은 용을 알게 하는 비린내 풍기네.   石窟噓腥認老龍
벗을 모으니 강좌의 풍속을 오히려 전해주고   會友尙傳江左俗
진경을 찾아 무릉도원의 발자취를 따라가네.   尋眞聊躡武陵蹤
산행이 되려 도소주³를 마시는 잔인 듯하니   山行却似屠蘇盞
맨 뒤의 이 늙은이 갈 길이 몇 겹이나 될꼬.   殿後斯翁路幾重

○ 중산촌의 산재에서 묵다 宿中山山齋

뭇 산들은 석양녘에 이야기를 하려는 듯   衆山欲語夕陽時
곳곳의 푸른 남기 걸음마다 옮겨 다니네.   面面蒼嵐步步移

---

3 도소주(屠蘇酒) : 설날에 마시는 약주를 말한다.

구름 속 마을에는 신선들이 뒤섞여 살고 　　　　村懸雲裏仙居雜
바위 위에 정자 있어 천천히 올라가보네. 　　　　亭出巖頭客上遲
인간세상 혼사를 어찌 다 마칠 수 있으리 　　　　人間昏嫁何須畢
물외에서 소요하기로 스스로 기약했었네. 　　　　象外逍遙自有期
비로봉에서 만나기로 한 약속 좋아하여 　　　　好是毘盧峯上約
조물주가 우사⁴를 보내지 않을 줄 알겠네. 　　　　天公莫遣雨師知

○ 비로 머물다 滯雨

동행 중 누가 육탐미⁵처럼 잘 그려 놓았나 　　　　同行誰是陸探微
이 산을 그리면 흥취 일어 날고 싶을 텐데. 　　　　擬畫玆山興欲飛
회계산의 흰 구름은 고사의 발 아래에 있고 　　　　稽峀白雲高士屐
무릉도원 명월은 동선⁶ 살던 곳의 문이리라. 　　　　武陵明月洞仙扉
일생의 영욕 잊고 사는 그 누군가를 알겠네 　　　　一生榮辱知誰忘
온갖 일에 게으른 나 같은 사람도 드물리라. 　　　　百事疎慵似我稀
방장산에는 천년토록 약초가 많이도 자라니 　　　　方丈千年多藥草
그대에게 권하네, 이제부턴 당귀⁷를 캐시게. 　　　　勸君從此采當歸

---

4 우사(雨師) : 비를 주관하는 신을 말한다.
5 육탐미(陸探微) : 중국 동진(東晉) 때 오(吳) 땅 화가로, 산수초목을 잘 그렸다.
6 동선(洞仙) : 중국 전설 속 심산유곡에 산다는 신선을 가리킨다.
7 당귀 : 약초의 이름. 여기서는 '당귀'라는 어휘가 '마땅히 돌아가리'라는 뜻이므로 산수로

○ 날이 갠 것을 기뻐하며 喜晴

부슬비가 문득 그쳐 산행을 다시 하게 되니   廉纖忽卷啓行初
믿겠구나, 방호산이 우리를 홀대하지 않음을.   始信方壺不我疎
통달한 선비의 빼어난 기상 어떤지 알겠으니   已知達士崢嶸氣
선인의 죽은 문자 속에는 들어 있지 않다네.   不在前人糟粕書
모아놓은 기이한 봉우리는 신선들이 만들었고   奇峯爲集群仙設
거처하고픈 깊은 동천은 백성들이 비워두었네.   幽洞要居百姓虛
지난 해 봉래산 영주산⁸을 구경하고 왔으니   去歲曾遊蓬島返
삼신산 중에 이젠 이 산만 구경하면 된다네.   三山只是一山餘

○ 산에 오르다 上山

나무꾼의 샛길 잃기 쉬워 앞서가며 소리치고   樵蹊易失應前呼
물고기 꿴 듯한 줄로 가니 그림자도 외롭잖네.   魚貫相攜影不孤
기이한 봉우리는 교력⁹도 헤아리기가 어렵고   奇峯巧曆猶難數
신이한 경관은 화공이라도 그려내지 못하리.   異境良工亦莫圖

한 쪽의 나무 틈새로 하늘이 조금만 보이고	一邊闖樹天些有
십 리 길에 바위뿐 흙이라곤 조금도 없구나.	十里攀巖土寸無
반드시 흰 구름이 깊은 곳에서 살고 싶구나	定欲白雲深處住
산신령이 내게도 집터 하나 제공해 준다면.	山靈倘與一廛吾

○ 천왕봉 天王峯

열한 명의 사람이 정축년 가을 어느 날	十有一人丁丑秋
함께 방장산에 올라 호걸스런 유람 했네.	同登方丈作豪遊
조물주가 무한한 힘을 극도로 들였기에	化工極費無窮力
늘어선 봉우리 다 같이 최고로 추대했네.	列峀咸推第一流
그 누가 삼신산을 국외에 있다고 말하나	誰道三山居外國
오악이 중원에 있는 것과 흡사한 이치라.	定如五岳在中州
부끄럽게도 백발에 장대한 글솜씨 없으니	白頭愧乏長杠筆
삼라만상의 이 형상을 어찌 다 담아낼꼬.	萬像天形豈盡收

○ 하산 下山

사십 년 간 가슴속에 이 산 하나 있었는데	卌載胸中此一山
백발 되어 오늘에야 우연찮게 틈을 내었네.	白頭今日偶偸閒
신선 불러 구름과 노을 위에서 함께 묵었고	招仙伴宿雲霞上

벗과 함께 견우성 북두성에 이름 새겼네.   攜友題名牛斗間

넝쿨 덮어 옛 길에 미혹되게 하지 마시고   莫遣藤蘿迷舊路

원숭이 학들도 옛 얼굴 다 기억하게 하길.   儻敎猿鶴記前顔

일평생 무한히도 평안하지 못했던 일들은   平生無限不平事

만 리 되는 바람결에 한바탕 날려 보냈네.   萬里長風一嘯還

작품
개관

출전 : 『월고집(月皐集)』 권3, 「두류록 8수(頭流錄八首)」

일시 : 1877년 가을 어느 하루

동행 : 벗 11명

일정 : 공전촌 - 중산촌 - 천왕봉 - 중산촌으로 하산

저자 : 조성가(趙成家, 1824-1904)

자는 직교(直敎), 호는 월고(月皐)이며, 본관은 함안이다. 현 경상남도 하동군 옥종면
회신리(檜新里)에서 태어났다. 인근 옥종 월횡리(月橫里)의 월봉(月峰) 아래에 거처
했으므로 '월고'라 자호하였다. 조선초기 생육신(生六臣)의 한 사람인 어계(漁溪) 조
려(趙旅, 1420-1489)의 후예이며, 이괄(李适)의 난에 공적을 세운 조익도(趙益道)의
후손이다.

28세(1851) 때 하달홍(河達弘, 1809-1877)의 권유로 전라도 장성(長城)으로 노사(蘆
沙) 기정진(奇正鎭, 1798-1879)을 찾아가 수학하였고, 이후 스승의 대표 저술인 「외
필(猥匹)」을 전수받을 정도로 신임이 두터웠다. 스승 사후 『노사집』 간행을 주도하
는 등 영남지역 내에 노사학을 창도하는 데 중추적 역할을 하였다.

1883년 선공감 가감역(繕工監假監役)에 제수되었다. 일찍부터 집 인근에 치수정(取水亭)을 짓고 분서강약(汾西講約)을 만들어 제생(諸生)의 학업을 촉구하였다. 1893년 진주목사가 관찰사의 뜻에 따라 강약을 설치하자 도약장(都約長)을 맡았으며, 산청 단성(丹城)의 신안사(新安社)와 합천 삼가(三嘉)의 관선당(觀善堂) 등 인근의 강회(講會)에 자주 초청되어 강연하였다.

1895년 을미사변이 일어나 국운이 쇠미해지자 가족을 이끌고 지리산 아래 중산리(中山里)로 옮겨 가 살았다. 학덕과 인망이 두터워 찾는 이가 많았는데, 면암(勉庵) 최익현(崔益鉉)·심석(心石) 송병순(宋秉珣)·소아(小雅) 조성희(趙性憙)·계남(溪南) 최숙민(崔琡民)·노백헌(老柏軒) 정재규(鄭載圭)·송사(松沙) 기우만(奇宇萬) 등이 대표적 인물이다. 교유한 인물로는 지와(芝窩) 정규원(鄭奎元)·쌍주(雙洲) 정태원(鄭泰元)·석전(石田) 이최선(李最善)·신촌(莘村) 김록휴(金祿休)·만성(晩醒) 박치복(朴致馥) 등이 있다. 저술로『월고집』이 있다.

두류산이 높다고 말하지 말게나

곽종석의 두류기행

두류산이 높다고 말하지 말게나

곽종석郭鍾錫의 두류기행頭流記行

○ 도구대[1] 陶丘臺

우뚝한 푸른 절벽 짙은 그늘 드리우고	蒼然峭壁結重陰
밑에는 차가운 못 끝없이 깊기만 하네.	下有寒潭無底深
서쪽 방장산으로 가는 첫 번째 굽이서	西來方丈最初曲
남명 선생 마음을 반쯤은 이미 알겠네.	已識冥翁强半心
신인·이인·불기인 셋 합해 하나 된 이[2]	神異不羈三作一
도구대가 땅과 함께 고금에 전해지네.	人臺與地古傳今
그런데 세상 운수가 무너진 뒤로부터	自從氣數壞漓後

---

1 도구대(陶丘臺) : 현 경상남도 산청군 단성면 자양리 구만마을 덕천강 가에 있다. 조식의 문인 이제신(李濟臣, 1510-1582)이 은거했던 곳이다. 도구는 그의 호이다.

2 신인……이 : 조식의 문인 각재(覺齋) 하항(河沆)이 쓴 이제신의 만사(輓詞)에 "신인 이인 불기인, 이 셋이 합해 하나가 된 사람"[異人神人不羈人 三人合作一人身]이라고 하였다. 『도구실기(陶丘實記)』 권2 부록 참조.

바위 깨지고 소나무 꺾여도 누가 또 금하리.　　　　　　石破松摧誰復禁

-덕천서원이 불행히 훼철[3]된 뒤부터 이 도구대도 점차 황량해졌으니, 어찌 또한 쇠한 기수가 감응한 것이 아니겠는가. 自德院不幸之後 玆臺亦漸就荒凉 豈亦氣數之所感耶

○ 비를 맞으며 산으로 들어가다 帶雨入山

팔월에 두류산 길에서 비를 맞으니	八月頭流雨
해인사의 도롱이[4]에 가슴속이 뭉클.	關情海印蓑
사람들은 옷 젖을까 꺼려하지 않고	行人不畏濕
세심정[5]에 도착하기만을 기약하네.	期入洗心家

---

3 훼철 : 덕천서원은 1870년 고종의 서원철폐령에 의해 훼철되었다.

4 해인사의 도롱이 : 조식은 1557년 속리산에 은거하고 있던 대곡(大谷) 성운(成運, 1497-1579)을 찾아갔다가 보은현감으로 있던 동주(東洲) 성제원(成悌元, 1506-1559)을 만났다. 이들은 며칠 동안 학문을 논하다가 헤어졌는데, 작별을 아쉬워하며 이듬해 8월 15일 해인사에서 다시 만나기로 약속하였다. 약속한 날 마침 큰 비가 내렸는데, 남명이 비를 무릅쓰고 해인사에 당도해 보니, 성제원도 도착해서 막 도롱이의 물을 털어내고 있었다. 훗날 약속을 지킨 이들의 만남을 아름답게 여겨 산중고사(山中故事)로 회자되었다. 박지원(朴趾源), 『연암집(燕巖集)』 권1, 「해인사창수시 서문[海印寺唱酬詩序]」에 보인다.

5 세심정(洗心亭) : 현 경상남도 산청군 시천면 덕천서원 앞에 있는 정자이다.

○ 한천촌[6]을 지나며 過寒泉村

한천촌의 밭두둑으로 난 길에서	寒泉村畔路
산골 아이가 다래를 팔고 있구나.	山童賣猴桃
손수 다래 심었던 분[7] 떠오르는데	遙憶手種客
높디높은 두류산은 멀기만 하도다.	杳若頭流高

　-주자(朱子)의 시에 "손수 다래 심어 푸른 가지가 늘어졌네."[8]라고 하였다. 朱子詩曰
手種猴桃垂架綠

○ 송객정 送客亭

　-덕계[9]가 돌아갈 적에 남명 선생은 반드시 이곳까지 나와 전송하셨다. 德溪之歸
南冥先生 必相送至此

도도한 저 냇물은 어디로 가려 하는가	流水滔滔欲何之
자그만 나무 한 그루 있었다고 전하네.	童然一樹口傳碑
그대 당시 모습 맹렬히 생각해 보시게	要君猛作當年想

---

6 한천촌(寒泉村) : 현 경상남도 산청군 삼장면 덕교리 찬샘이 마을을 가리키는 듯하다.
7 분 : 송대(宋代) 학자 주희(朱熹)를 가리킨다.
8 손수……늘어졌네 : 이 시구는 주희의 『회암집(晦庵集)』 권10 「독십이진시권 철기여작 차
　료봉일소(讀十二辰詩卷 掇其餘作 此聊奉一笑)」에 보인다. 시의 각 행마다 12간지[十二辰]
　에 해당하는 사물을 넣어 짓는 형식이다.
9 덕계(德溪) : 오건(吳健, 1521-1574)의 호이다.

가는 이 누구고 보내는 분 누구였는지.　　　　　　去者其誰送者誰

○ 면상촌을 지나며 過面傷村

– 세상에 전하기를, 남명 선생은 덕계를 전송할 때 반드시 큰 술잔에 술을 따라 작별하였는데, 덕계가 이곳에 이르러 취해서 말에서 떨어져 얼굴에 상처가 났기 때문에 이 마을 이름을 면상촌이라 하였다고 한다. 世傳 南冥之送德溪也 必引杯大酌而別 德溪至此 沈醉墮馬而傷其面 故因名其地

송객정 뒤로 하고 앞으로 나아가니　　　　　送客亭前路
주막의 주모가 술을 들어서 권하네.　　　　　壚人尙勸盃
얼굴에 상처 난 그 정취를 모르고서　　　　　未知傷面趣
동전 한 잎 가져온 걸 애석해 할 뿐.　　　　　只惜一錢來

○ 대원암 골짜기 입구에서 大源菴洞口

산문 하나 지나면 또 하나 나타나고　　　　　一山門又一山門
고목과 등나무는 태곳적 흔적이로세.　　　　老木蒼藤太古痕
방장산 허리로 난 돌길에 들어서니　　　　　石路已占方丈脊
신비로운 그늘 계곡 덕천의 근원일세.　　　　陰溪猶秘德川根
부여잡고 올라가니 기이한 경관이요　　　　　躋攀而往終奇境
둘러보는 사이 멀리 마을이 보이누나.　　　　轉眄之間忽遠村
신선들 나는 듯 동천에 먼저 들어가　　　　　仙侶飄飄先入洞

물가서 술 마시는 것 어찌나 애석한지.　　　　　　臨流何惜共開樽

○ 운영루[10]에서 느낌이 있어 雲影樓 有感

-옛날 산천재(山天齋)[11]에서 계모임을 할 적에 남려(南黎)[12] 등 여러 현인이 이곳에 모여 회의를 하였다. 나는 일이 있어 그 자리에 참석하지 못하였다. 성양(聖養)[13]이 뒤에 이르러 임종(林宗)[14]이 관상을 잘 본다는 설은 잘못이라고 말하여 여러 현인에게 칭찬을 받았다. 그 일이 벌써 4년이나 지나 인간사는 홀연 아득한 옛 일이 되었다. 신선 같던 사람[15]이 생사를 달리한 그 슬픔이 어찌 나로 하여금 눈물을 흘리지 않게 하겠는가. 昔以山天修契事 南黎諸賢 會議于此 余以有故未赴座 聖養後 至 以林宗之善觀像 謬讚于諸賢 今四年之間 人事忽忽已千古矣 海鶴存亡之恨 安得不 使余潸然也

지난 갑술년(1874) 늦은 봄날이 생각나네　　　　憶昔靑猺春暮日
덕성들이 무수히 이 봉우리 밑에 모였었지.　　　林林德星聚玆峰
당당했던 이원례[16] 같은 사람[17]도 있었으니　　　中有堂堂李元禮

---

10 운영루(雲影樓) : 현 지리산 대원사(大源寺)의 부속 건물이었다.
11 산천재(山天齋) : 현 경상남도 산청군 시천면에 있는 남명 조식의 강학처이다.
12 남려(南黎) : 후산(后山) 허유(許愈, 1833-1904)의 호이다.
13 성양(聖養) : 자동(紫東) 이정모(李正模, 1846-1875)의 자이다.
14 임종(林宗) : 중국 한나라 때 사람 곽태(郭泰)의 자이다.
15 사람 : 곽종석이 벗했던 이정모를 말한다. 곽종석은 1877년 8월에 지리산을 유람하였는데, 이정모는 그보다 2년 전에 세상을 떠났다.
16 이원례 : 한나라 때 사람 이응(李膺)을 가리킨다. 원례(元禮)는 그의 자이다.

관상으로 임종을 말하는 것 잘못이라 했네.　　　謬將觀像說林宗
오늘은 홀로 이 대원사 운영루에 올랐으나　　　如今獨上伽樓月
하늘로 오를 용을 탈 길이 없어 서글프네.　　　潸然無路御登龍

○산을 오르며 읊다 上山吟

길을 떠나 유평[18]을 굽이돌아 지나니　　　行過柳坪曲
구름 봉우리가 백 길이나 높게 보이네.　　　雲巒已百尋
느릿느릿 돌길을 두드리며 올라가는데　　　遲遲挨石磴
그늘진 바람이 숲속을 지나기도 하네.　　　隱隱度風林
절로 천도와 하나 되는 묘리가 있으니　　　自有一天妙
천고토록 성현의 그 마음 뉘라서 알리.　　　誰知千古心
산꼭대기에 올라 크게 심호흡을 하고　　　登將大吐納
옥구슬 물가에서 이 마음을 씻고 싶네.　　　漱此瓊瑤潯

---

17 이원례……사람 : 이정모를 일컫는다.
18 유평(柳坪) : 현 경상남도 산청군 시천면 대원사 위쪽에 있는 마을을 일컫는다.

○ 남려가 개운암이라 이름붙인 시에 삼가 차운하다
謹次南黎開雲巖命名韻

-개운암은 중봉 밑에 있다. 巖在方丈中峯之下

한창려[19]의 기이한 기상 높은 산에 근본 했는데	昌黎奇氣本巖巖
괴로워 못 오르는 사람은 고개 남쪽을 크다 하네.	苦不能人大嶺南
높은 곳에 올라 한번 두류산 바위를 어루만지고	登高一撫頭流石
하늘 바람을 불러 일으켜 푸른 남기 쓸어버리리.	鼓發天風掃碧嵐

○ 개운암에서 묵다 宿開雲巖

-몇 개의 서까래가 있어서 개운암에 의지해 장막을 쳤다. 有數椽 依巖結幕

밤이 되어 개운암 바위 밑에서 하룻밤 묵었는데	夜宿頭流巖穴中
잠자리는 도리어 옛 사람이 잤던 데에 마련했네.	營居猶藉往人功
쏟아지는 비가 산간에 퍼부어 억 겁을 씻어내고	飛雨連山淘浩劫
신령한 바람 불을 붙이듯 차가운 허공을 밝히네.	靈風吹火燭寒空
저 아래에 우리들이 있는 곳을 어떻게 알겠는가	下界焉知吾輩在
먼 훗날 지금 우리 함께 한 것을 잊지 말자꾸나.	後來無忘此時同
팔뚝을 나란히 하고 선계를 노니는 꿈을 꾸게나	聯肱試做遊仙夢
봉래산과 영주산을 찾아 동쪽으로 또 동쪽으로.	一切蓬瀛東復東

---

19 한창려(韓昌黎) : 당나라 때 문장가 한유(韓愈)를 말한다. 창려는 그의 호이다.

○ 천왕봉 위에서 짓다 天王峰上作

두류산이 높다고 말하지 말게나	莫說頭流高
하늘과는 밭에 있는 듯 가깝네.	去天猶在田
두류산이 크다고 말하지 말게나	莫說頭流大
대지에 비해 한 주먹도 안 되네.	較地不容拳
만 리가 멀다고 말하지 않지만	萬里非云賒
사해는 끝내 한계가 있는 법.	四海終有邊
자득한 이 마음 높고 크고 넓어	區區高大廣
보이는 데만 얽매일 필요 없으리.	未必係眼前
한 바탕 웃고서 되돌아 바라보니	一笑仍回首
이 마음 한없이 쓸쓸하기만 하네.	此意寥寥然

○ 다시 주자의 남악시[20] 운자를 써서 여러 공과 함께 읊다
更用朱夫子南嶽韻 同諸公吟

우러러보면 더 높은 곳 없는 듯하니	仰看疑無上
둘러본다고 어찌 끝나는 곳이 있으리.	環瞻那有端
이번 산행 험준한 정상까지 올랐으니	以玆臨履險

---

20 남악시(南嶽詩) : 주희(朱熹)의 『회암집(晦庵集)』 권5에 수록된 「등축융봉 용택지운(登祝 融峯 用擇之韻)」을 일컫는다.

나의 삶이 이제는 넉넉해짐을 얻으리.	得我起居寬
하늘의 해도 오늘 아침에는 명랑하고	天日今朝好
산속의 바람도 태고처럼 서늘하구나.	山風太古寒
함께 유람한 분들의 진중한 마음가짐	同來珍重意
빈손으로 돌아가지 마시기를 바랄 뿐.	秖冀不空還

○ 사자암 獅子巖

－사자암은 천왕봉에서 5리 아래에 있는 사자항 오른쪽에 있다. 세속에선 '석산막'
이라 한다. 남려 어른이 지명에 따라 그 이름을 붙였다. 在天王峯南五里下獅子項之
右 俗名石山幕 南黎丈因地名以錫之

길을 막고 우뚝하게 솟은 저 바위	當路穹窿巖
세상에 전하기를 석산막이라 하네.	傳稱石山幕
등에는 무거운 천왕을 짊어지고서	背負天王重
이 동남쪽 골짜기를 진압하고 있네.	鎭此東南壑
산행하는 사람들 묵어가기 편하지만	行人寢處安
세찬 비바람이 수그러들지 않는구나.	不省風雨虐
구름을 걷어내는 신에게 의지하고서	賴有開雲翁
간절한 마음으로 뽕나무 그늘 피하네.	戀戀桑陰托
만물의 형상이 기이한 줄 알았으니	已知物狀奇
지명이 나빠도 혐의가 별달리 없네.	無嫌地名惡
너에게 사자암이라 이름을 붙이니	錫汝獅子字

호랑이 표범이 숲속에서 근심하네.   虎豹愁林薄
어찌하면 한 번 날쌔게 뛰게 할까   那當一奮迅
포효소리가 다시는 일어나지 않네.   咆嘷更不作

○산을 내려오면서 읊다 下山吟

한 번 올랐다가 지친 새를 따라 돌아가는 길   一狂仍還隨倦鳥
하늘에서 내려오니 조금은 넓고도 평평하네.   靑天纔下小寬平
구름 걸린 나뭇가지에 이슬방울 맺혀 있고   林梢宿霧離離濕
바위틈에서는 찬 물줄기가 졸졸 흘러나오네.   石竇寒淙冉冉生
골짜기 사는 학은 어디에 숨었는지 모르겠고   洞鶴不知何處隱
바다 속 자라는 일이 많아 고인이 놀랐었지.[21]   溟鰲多事古人驚
여러분의 가벼운 걸음이 허공에서 떨어지니   斐斐列鳥從空墮
장차 동남쪽 지세가 기울어지는 것을 보리.   且試東南地勢傾

○앙미대 仰彌臺

　-천왕봉 남쪽 15리 지점에 있다. 이곳에 서서 천왕봉의 진면목을 볼 수 있다. 안연

---

21 바다……놀랐었지 : 옛날 동해에 산이 있었는데 뿌리가 없어 떠다니므로 천제(天帝)가
　　여섯 마리 자라를 시켜 머리에 산을 이고 있게 하였다고 한다.『부상록(扶桑錄)』참조

(顔淵)이 따르려 해도 말미암을 방법이 없다고 탄식[22]한 의사가 있기 때문에 내가 '앙미대'라 이름을 붙였다. 在天王峯南十五里 立見天王眞面 有欲從末由之意 故余爲 之錫名

일만 사천 길의 높디높은 봉우리	一萬四千丈
아홉 번 나뉘고 갈리어 내려왔네.	九分九釐來
안자의 경지에 도달하게 되어야	到顔子地位
바야흐로 앙미대를 믿게 되리라.	方信仰彌臺

○ 은여탄 銀餘灘

－앙미대 곁에 있다. 그 물가에 가서 물을 길어다 밥을 하였다. 남명 선생의 시에 '은하 같은 십 리의 물 마시고도 오히려 남음이 있으리'[23]라고 한 뜻을 취해 이름붙이고, 그 시의 운자를 써서 지었다. 在仰彌臺側 臨流汲炊 取冥翁詩'銀波十里喫猶餘' 之意 因以錫名 且用其韻

천왕봉에서 남쪽으로 십 리쯤 내려오자	南下天王十許里
하얀 물결 마구 쏟아져 덕산으로 흐르네.	銀波倒走小微居
오늘 저희 후생들 빈손으로 찾아왔지만	今日後生來白手

---

22 안연(顔淵)이……탄식 : 『논어』 「자한(子罕)」 제10장에 보이는 내용을 줄여 말한 것으로, 안연이 공자의 경지를 따르려 해도 말미암을 길이 없음을 탄식한 말이다. 원문은 다음과 같다. "顔淵 喟然歎曰 仰之彌高 鑽之彌堅 瞻之在前 忽焉在後 夫子 循循然善誘人 博我以 文 約我以禮 欲罷不能 旣竭吾才 如有所立 卓爾 雖欲從之 末由也已"

23 은하……있으리 : 이 시구는 『남명집(南冥集)』 권1에 실린 「덕산복거(德山卜居)」에 보인 다. '파(波)'는 '하(河)'의 오자이다.

물가서 들이키니 그 뜻은 되레 넉넉하네.　　　　　　臨流一喫意猶餘

○ 남려가 준 시에 화답하다 和南黎見贈

　-남려 어른의 시에 "그대 기다리며 춘추대의를 인식하니, 비로소 천왕봉에서 내려
　온 줄 알겠네"[24]라고 하였다. 黎丈詩云 待君識得春秋義 始信天王峯上來

나는 언제나 일월대에서 살고 싶었는데　　　　　　我欲常居日月臺
두 눈으로 옛 강역 환히 다 둘러보았네.　　　　　　雙明舊域眼中廻
공께서 춘추대의를 자주 말씀하시기에　　　　　　多公說出春秋字
천왕봉에서 그 한 맥을 떠받들고 왔네.　　　　　　扶得天王一脉來

○ 김치수-진호-[25]가 준 시에 화답하다 和金致受-鎭祜-見贈

높디높은 방장산의 가장 높은 일월대를　　　　　　方丈高高最上臺
그대 함께 무탈하게 한번 올라 돌아봤네.　　　　　　共君無恙一登廻
한스러운 건 여러 해 동안 평지에 살며　　　　　　却恨多年平地裏

---

24 그대……알겠네 : 이 시구는 허유(許愈)의 『후산집(后山集)』권1 「증곽명원(贈郭鳴遠)」에
　　보인다. 명원은 곽종석의 자이다. 유람 당시 곽종석이 『춘추』를 읽고 있어 춘추대의를
　　언급하였고, 천왕봉에 일월대가 있기 때문에 또한 춘추대의와 연관시킨 것이다.
25 김진호(金鎭祜) : 1845-1908. 치수(致受)는 그의 자이고, 호는 물천(勿川)이다.

작은 언덕에 연연해서 착각해 온 것이라.　　　　拳拳培塿錯料來

○남려 시의 운자를 써서 효효재 문진영[26] 어른에게 올리다
用南黎韻 呈文囂囂丈鎭英

－문효효재 어른이 시를 읊지 않아서 이를 지어 자극하였다. 대개 효효재 어른은
정재[27]의 문인인데, 정재는 일생 시를 짓지 않았다. 文丈不吟詩 故作此撞發 蓋文丈
是定齋門人 而定齋一生不吟詩

두류산 상상봉은 하늘에 가까이 다가가 있어　　　　頭流上上近天臺
오르는 게 참으로 어려워 말없이 돌아보았네.　　　　登者誠難不語廻
선생께선 이곳에 와서도 입을 굳게 다물고서　　　　先生到此猶緘口
스승의 분명한 지결을 굳게 지키고 계신다네.　　　　牢握師門的訣來

○다시 '대(臺)' 자를 운자로 써서 짓다 更用臺字韻

한평생 신선세계에 있지 못한 것 한스러우니　　　　生平恨不在瑤臺
해와 달과 바람과 천둥이 머물러 서린 곳이라.　　　　日月風霆與逗廻
지난밤에 천왕이 우리를 부르는 일 있었기에　　　　賴有天王前夜喚

---

26 문진영(文鎭英) : 1826-1879. 자는 성중(聖仲)이고, 효효재는 그의 호이다.
27 정재(定齋) : 퇴계학파의 한 사람인 유치명(柳致明, 1777-1861)의 호이다.

한 차례 기이한 기운 들이키고서 돌아왔다네.　　一番奇氣吐吞來

○ 경유[28]의 시에 차운하여 함께 유람한 여러 공에게 보이다
次擎維 示同遊諸公

누가 두류산을 가져다가 낚시터를 만들어　　誰把頭流作釣臺
채색 실에 소를 미끼로 하여 한 번 던질까.　　虹絲犧餌一投廻
천풍이 우리를 영산으로 인도하지 않으니　　天風不引靈山去
우리가 바다로 가 마음껏 구경하고 오세나.　　騎得滄溟矗矗來

○ 남려의 시에 차운하여 하은거[29]-용제-에게 주다　次南黎韻 贈河殷巨-龍濟

일찍이 천왕봉이 하늘에 가깝다고 말을 했지　　曾說天王近玉臺
꿈속에서도 어떤 사람이 그곳에 있는 듯했네.　　夢中疑信有人廻
비바람이 지금처럼 전혀 상관하지 않는다면　　風雨如今渾不管
일심으로 정진하는 이는 끝내 정상에 오르리.　　一心精進竟登來

----

28 경유(擎維) : 이도추(李道樞, 1847-1921)의 자이다. 호는 월연(月淵)이고, 본관은 성주
이다.

29 하은거(河殷巨) : 하용제(河龍濟, 1854-1919)를 가리킨다. 은거는 그의 자이고, 호는 약헌
(約軒)이며, 본관은 진양이다.

○ 산천재에서 감히 주련의 시[30]에 차운하다 山天齋 敢用柱上韻

두류산은 천 년 만 년 거기 있었는데　　　　　　頭流千萬歲
그 원대한 소리를 들은 이 누구인가.　　　　　　孰聞遠大聲
소생은 존모하는 마음 오래되었는데　　　　　　小子琴心古
오늘은 그 소리가 불평하게 울립니다.　　　　　　此日不平鳴

○ 탁영대[31]에서 '대(臺)' 자 운을 써서 짓다 濯纓臺上 用臺字韻

도구대 위쪽에 있는 것이 탁영대라　　　　　　陶丘臺上濯纓臺
천왕봉 일월대 가리키며 머뭇거리네.　　　　　　日月高臺指點廻
마음에는 한 조각 삿된 기운도 없어　　　　　　靈臺一片無邪氣
신선대를 향해서도 오를 수 있겠구나.　　　　　　且向神仙臺上來

　　-신선대는 남사[32]의 안산에 있다. 神仙臺在南泗案山

---

30 시 : 조식(曺植)의 「제덕산계정주(題德山溪亭柱)」를 가리킨다.
31 탁영대(濯纓臺) : 현 경상남도 산청군 단성에서 덕천으로 들어가는 길목에 있는 바위로,
　　남명 조식이 유식(遊息)하던 곳이다.
32 남사(南泗) : 현 경상남도 산청군 단성면 남사예담촌을 가리킨다.

o '내 만 리 먼 곳에 와 장풍을 몰고 가니, 가파른 골짜기 층층의 구름이 흉금을 씻네'[33]라는 시구로 운자를 나누어, 나는 '가(駕)' 자를 얻었다 以'我來萬里駕長風 絶壑層雲許盪胸' 分韻 得駕字

내 평지에서 태어나 항상 높은 곳을 생각하여	我生平地常懷高
보이는 바가 숭산 화산 아니면 참을 수 없었네.	所見叵耐非嵩華
서쪽으로 백두산을 떠올리며 감탄할 뿐이었고	西聞白頭徒咨嗟
동쪽으로 금강산 가리키며 황홀함을 느꼈었네.	東指金剛忽傺侘
지리산은 일만 사천 길의 높다란 산봉우리라	智異一萬四千丈
내 집에서 서쪽으로 구십 리의 거리에 있네.	屋頭庚兌去三舍
해마다 한 번 남명 선생 사시던 곳으로 가서	每歲一至南冥宅
신선세계를 우러렀지만 틈을 낼 수가 없었네.	仰觀瑤臺不容鑄
일찍이 허공을 날아서 태고로 가보려 했지만	早擬騰騫薄鴻濛
세속에 얽매여 떠나지 못하고 되레 근심했지.	却愁塵鞿未遽卸
올 가을에야 쾌청한 날을 참고서 기다렸다가	忍到今秋天氣晴
도반들을 설득해서 맑은 유람을 하기로 했네.	慇呼道侶乘淸暇
효효재 노인은 신속히 나는 구름 속으로 갔고	囂翁颯颯飛雲鳥
남려[34] 어른은 늠름하게 긴 바람 몰고 가셨네.	黎丈凜凜長風駕
빼어난 자태로 줄줄이 서서 그 뒤를 따라갔고	滾滾英姿咸影從

---

33 내……씻네 : 이 시구는 주희(朱熹)의 『회암집(晦庵集)』 권5 「취하축융봉작(醉下祝融峯作)」에 보인다.

34 남려(南黎) : 허유(許愈, 1833-1904)의 호이다.

앞에서 끌고 뒤에서 밀며 차례차례 나아갔네.　　　　前提後推相遜邅

하룻밤을 암자에서 묵고 유평마을 지나가자　　　　一宿山庵度柳坪

바로 인간세상과 영원히 하직하는 듯하였네.　　　　便與人間若長謝

하늘을 가린 온갖 나무 울긋불긋 어지럽고　　　　蔽天雜樹紛靑紅

언덕에서 쏟아지는 여울엔 옥구슬 쏟아졌네.　　　　挾岸懸湍玉雪瀉

햇빛이 가려 어두침침한 산길은 위태로웠고　　　　白日陰陰線路危

온 숲에 비바람 몰아쳐 사람을 두렵게 했네.　　　　滿林風雨令人怕

한마음으로 와 정상에 도달하길 기약했기에　　　　一心同來期上達

재촉하며 곧장 나아가 포기할 수가 없었네.　　　　直前催趲不肯罷

개울물 마시고 노숙할 땐 얼마나 고요했나　　　　澗飮石宿何從容

꿈에 본 신선과 악귀 진짜인지 의심했었네.　　　　夢仙魘鬼疑眞假

이른 새벽 조반을 재촉하는 떠들썩한 소리　　　　凌晨促炊競讙呼

보일 듯 말 듯한 신령스런 모습에 기뻐했네.　　　　已喜靈顔隱現乍

호기가 점점 더 생겨날 줄 분명히 알겠으니　　　　明知豪氣漸生屜

옛날 치절이 사탕수수 맛본 것[35] 찬양했지.　　　　古來癡絶讚啖蔗

높은 곳에 오를수록 마음은 더욱 작아져서　　　　地武增巍心盆小

다리 밑에 함정이 생긴 것처럼 두려웠다네.　　　　卽恐脚下生阱擭

---

35 치절이……것 : '치절(癡絶)'은 '어리석기 그지없다'는 뜻의 겸사이다. 진(晉)나라 때 고개
지(顧愷之)는 '재절(才絶)·화절(畵絶)·치절' 등 삼절(三絶)로 일컬어졌다. 그가 사탕수
수를 꼬리부터 먼저 먹자 어떤 이가 그 이유를 물었는데, "점점 더 좋은 맛을 보기 위해서이
다."라고 답했다고 한다. 점입가경(漸入佳境)의 의미이다. 『진서(晉書)』 권92 「문원열전
(文苑列傳)」에 보인다.

언덕 잡고 노송나무 안고 힘써 뚫고서 가니 / 捫崖抱檜力通艱
정상이 눈앞에 보였지만 발을 뗄 수 없었네. / 逼近峯頂更不跂
얼마 후 구름 걷히고 산봉우리 나타나더니 / 須臾霧去山猶存
끝내 우뚝한 천왕봉이 웃으며 우리를 맞았네. / 竟有天王許笑迓
일월대는 높이 솟아 이리저리 흔들리는 듯 / 日月高臺高動搖
두 소매 치켜드니 사람은 신선이 된 듯했네. / 兩襟軒擧人如化
한라산은 가물가물 바다 속에 잠겨있는 듯 / 漢挐莽渺落水中
계룡산 태백산은 눈이 휘둥그렇게 놀라웠네. / 鷄龍大白瞠相訝
땅에 가득한 돌무더기 천만 개의 주먹인 듯 / 撲地塊磊千萬拳
세상 모든 아이 손자가 늙은 아비 떠받들 듯. / 一切兒孫拱老爸
영주산³⁶을 둘러싼 바다는 하늘처럼 둥근데 / 澒洞環瀛天共圓
그 안엔 하수(河水)에서 나오는 천 갈래 있네. / 中有千流自港汊
천오와 해약³⁷은 저 멀리 놀라서 달아나고 / 天吳海若杳犇騰
신기루 일어 기이한데 사다리는 보이지 않네. / 蜃市駭譎昧梯架
동쪽 끝은 하이³⁸이고 북쪽은 아라사³⁹ 땅 / 東盡蝦夷北峨斯
홍모인⁴⁰ 석란인⁴¹ 서방의 시끄런 말소리. / 紅毛錫蘭西啾啞

---

36 영주산((瀛洲山) : 삼신산(三神山)의 하나로, 우리나라에서는 한라산을 일컫는다.
37 천오(天吳)와 해약(海若) : 모두 바다에 사는 신을 일컫는다.
38 하이(蝦夷) : 현 일본 북해도(北海島)를 가리킨다.
39 아라사(峨羅斯) : 현 러시아를 가리킨다.
40 홍모인(紅毛人) : 네덜란드 사람을 일컫는다.
41 석란인(錫蘭人) : 스리랑카 사람을 말한다.

남쪽으로는 조와[42]와 불제[43]에까지 이르고　　南至爪蛙與佛齊

문래[44]와 여송[45]은 하문[46]과 연결되었네.　　文萊呂宋連臺廈

연마[47]는 보이지 않고 운수[48]는 흐릿하니　　練馬難明雲戍迷

큰 활을 얻어 사방으로 날려 보내길 원했네.　　願得長弓四方射

중원 문화 침몰하여 비린내가 진동을 하니　　陸沈中原腥穢彰

천왕을 모셔다 굽어보며 꾸짖게 하고 싶네.　　抱得天王欲俯罵

천왕은 말이 없고 우뚝한 모습만 보일 뿐　　天王無語骨稜稜

한나라와 더불어서 패권을 다투려고 않네.　　不與一方爭雄覇

허공에 걸린 해와 달은 절로 오고 가는데　　虛空日月自揭徠

잠깐 사이 바람과 천둥이 문득 오르내렸네.　　頃刻風霆忽上下

차가운 옥로 같은 이슬이 방울방울 맺혀서　　寒門沆瀣結淋漓

백 척의 구리 쟁반 빌리기를 기다리지 않네.　　百尺銅槃不待借

상제 계신 곳에서 숨 쉬는 것과 다름없으니　　帝座呼吸還無間

구구하게 날아 앉는 기러기 어찌 자랑하리.　　區區落鴈寧容託

보이는 대로 사방 끝을 한 번 둘러보고 나니　　眼看端倪纔一瞥

---

42 조와(爪蛙) : 인도네시아 자바섬을 일컫는다.

43 불제(佛齊) : 수마트라섬 남단을 가리킨다.

44 문래(文萊) : 동남아시아의 보르네오 섬 북서 해안에 있는 왕국인 브루나이를 가리킨다.

45 여송(呂宋) : 필리핀을 가리킨다.

46 하문(廈門) : 현 중국 복건성 남쪽에 있는 도시 이름이다.

47 연마(練馬) : 일본 관동지방을 가리키는 듯하다.

48 운수(雲戍) : 자세치 않다.

장대한 유람 발품을 번거롭게 할 것 없으리.　　壯遊不須煩橫跨
수해⁴⁹가 어전에 있었다는 말 비로소 믿노니　　始信竪亥在楹間
보름 간 적을 막았다는 말 자랑해 속였을 뿐.　　禦寇旬五徒衒詐
공자의 태산, 주자의 형산이 문득 눈에 드니　　孔泰朱衡入瞻忽
백 세 지난 광세지감에 직접 훈도를 받는 듯.　　曠感百古當親炙
보잘것없는 내 어찌 그곳에 도달할 수 있으리　　顧我稊米那到玆
손으로 북두성의 자루를 어루만져 볼 뿐이라.　　以手摩挲北斗欛
남려 어른 크게 웃으며 자주 나를 돌아보시고　　南黎大笑頻顧余
주위 사람 망연자실 놀라도 소리치지 않았네.　　四座茫然不驚哭
황폐한 사당이 가파른 언덕에 의지해 있고　　爰有荒祠依斷阿
석인⁵⁰은 초췌하여 숙여서 돈을 요구하는 듯.　　石人憔悴枉索價

-성모사가 있다. 세상에는 성모가 마야부인이라고 전해져 무속에서 기도하는 장
소가 되었다. 이곳을 지나는 유람객은 모두 동전을 바치고 복을 빈다. 옛날에 묘향
이라는 승려가 있었다. 有聖母祠 世傳聖母 是摩耶夫人 爲巫覡祈禱之所 遊人之來過
者 皆納銅錢 以求福 昔有妙香僧

천연⁵¹ 같은 승려는 없고 무당들만 득실거려　　天然已去巫覡滋
화와 복에 서로 놀라 사람들 향해 소리치네.　　禍福相驚向人嚇
광활하고 심원한 팔만여 리 넓은 이 산에서　　轇轕層溟八萬餘

---

49 수해(竪亥) : 우(禹) 임금의 신하로, 걷기를 잘 했던 사람이다.
50 석인(石人) : 성모사에 안치되어 있던 성모를 말한다.
51 천연(天然) : 조선 중기의 승려로, 지리산 천왕봉의 성모상을 부수어버린 인물로 유명
하다.

요상한 마야부인[52] 끝내 어디에 의지해 있나.	摩耶妖姥竟何藉
성스런 조정에서 합당하게 남악사를 설치하여	聖朝合置南嶽祠
중국의 형산[53] 축융봉처럼 여름을 관장시켰네.	祝融宅近司炎夏
한 차례 휘파람을 불면서 태청궁을 내려오는데	秪壏一嘯下太淸
다섯 걸음에 한 번 쉬며 지나온 길 돌아보았네.	五步一憩廻征靶
또한 산신령을 위해 이름 하나 남겨 놓았으니	且爲山靈留一名
훗날 눈과 풀이 기러기와 사향노루 기억하리.	他年雪草記鴻麝
평지로 돌아온 뒤 맹세코 잊지 말자고 다짐해	平地歸來誓勿忘
눈앞에 우뚝한 모습 밤낮으로 아련히 떠올랐네.	眼前突兀無日夜
우리 집안의 높고 큰 물건 두 손으로 들더라도	管取吾家高大物
저 방장산에 비하자면 또한 아류가 될 뿐이리.	第看方丈亦其亞
원컨대 함께 유람했던 여러분들 각자 노력하여	願言同來各努力
산신령 노하게 해 서로 속이는 일 하지 말기를.	莫敎山靈怒相諕

---

52 마야부인(摩耶夫人) : 석가모니의 어머니로, 지리산 천왕봉 성모가 마야부인이라는 설이 있기 때문에 불교와 무속의 폐해를 지적해서 한 말이다.

53 형산(衡山) : 중국의 오악(五嶽) 중 남악에 해당하는 산으로, 현 호남성 형산시에 있다. 형산의 최고봉은 축융봉이다.

출전: 『면우집(俛宇集)』 권2, 「두류기행 25편(頭流記行二十五篇)」

일시: 1877년 8월 7일 – 8월 15일

동행: 허유(許愈), 김진호(金鎭祜), 이도묵(李道默), 이도추(李道樞), 박규호(朴圭浩), 하용제(河龍濟), 조원순(曺垣淳), 권규집(權奎集) 등

관련 유람록: 허유의 「두류록(頭流錄)」

일정: • 8/7일 : 남사 – 도구대 – 산천재 – 대포(大浦)

　　　　 • 8/8일 : 대포 – 북천(北川) – 송객정(送客亭) – 평촌(坪村) – 장항령(獐項嶺) – 부운정(浮雲亭) – 대원암

　　　　 • 8/9일 : 대원암 – 용추 – 하류평(下柳坪) – 상류평(上柳坪) 15리 – 거암(巨巖)

　　　　 • 8/10일 : 거암 – 중봉 – 천왕봉 일월대・천왕당 – 석문 – 사자령

　　　　 • 8/11일 : 사자령 – 신선적(神仙磧) – 국수봉(菊首峯) – 내원(內源) – 만폭동(萬瀑洞) – 조원순(曺垣淳)의 집

　　　　 • 8/12일 : 조원순의 집 – 산천재 – 탁영대(濯纓臺) – 도구대 – 입석리

　　　　 • 8/13일 : 입석 – 섬계(剡溪) – 법물(法勿) 치수서당(致受書堂)

　　　　 • 8/14일 : 법물 – 귀가

저자: 곽종석(郭鍾錫, 1846-1919)

자는 명원(鳴遠)인데, 경술국치 이후에 이름을 도(鋾), 자를 연길(淵吉)이라 바꾸었다. 호는 회와(晦窩)・면우(俛宇)이고, 본관은 현풍이다. 현 경상남도 산청군 단성면 사월리 초포(草蒲)에서 태어났다.

어려서 부친 곽원조(郭源兆)와 이홍렬(李鴻烈)에게 사서오경 등을 배웠고, 12세 때 부친이 세상을 떠난 후에는 독학으로 유가 및 도가・불가의 서적을 섭렵하였다. 일찍부터 송학(宋學)에 전념하여 20대 초반에 이미 학자로서 명성을 떨쳤다. 25세인 1870년 한주(寒洲) 이진상(李震相, 1818-1886)의 문하에서 수학하였는데, 스승의 심즉리설(心卽理說)을 심화시켜 나갔다. 1883년 안동부 춘양(春陽)으로 옮겨 살면서 퇴계학(退溪學)을 깊이 탐구하였고, 이 시기에 이항로(李恒老)의 주리설(主理說)을

변론하면서 기호학(畿湖學)과의 논쟁에 뛰어들기도 하였다.

1895년 비안현감(比安縣監)에 제수되었으나 나아가지 않았고, 을미사변이 일어나자 각국의 공관에 열국의 각축과 일본의 침략을 규탄하는 글을 보냈다. 이듬해인 1896년 거창의 다전(茶田)으로 옮겨 살았다.

이 무렵 한양에서는 독립협회가 해산당한 뒤 전국에서 인재를 구하고 있었다. 1899년 중추원 의관으로 부름을 받았으나 사양하고 학문에만 전념하였다. 당시『한주집(寒洲集)』을 편찬하였으며,『남명집(南冥集)』도 교열하였다. 1903년 통정대부(通政大夫)에 이르고 비서원승(秘書院丞)에 제수되었다. 이때 신기선(申箕善) 등 수많은 고관들이 출사를 권유하여 일단 상경해 10여 일간 고종(高宗)을 독대(獨對)하여 구국(救國)의 의견만을 상주하고 돌아왔다.

1905년 을사의병이 확산될 때 지역에서 의병을 일으켜야 한다는 논의가 있었으나 동참하지 않았고, 이듬해에는 신기선이 유교학회 설립을 제의해 왔지만 또한 사양하고 학문에 전념하였다. 영남은 물론이고 호남의 간재(艮齋) 전우(田愚)와 노사(蘆沙) 기정진(奇正鎭), 기호지방의 이항로・김복한(金福漢) 등의 문하생, 양명학계(陽明學界)의 황원(黃瑗), 개성 출신 김택영(金澤榮) 등과도 교유하였다. 그리스철학과 기독교 교리까지 탐구하면서 이진상의 심즉리설(心卽理說)을 발전시켜 나갔다.

또한 지역의 대학자인 남명(南冥) 조식(曺植)과 스승 이진상을 비롯한 경상우도 유림의 문적과 유적을 정리하여 이 지방의 학풍을 확립하였다.『한주집』간행을 계기로 곽종석이 주장한 심즉리설이 논란을 겪었지만, 이론적으로 그들을 설복시킴으로써 자신이 쌓은 학설을 더욱 굳건히 하는 계기가 되었다.

이로써 학자적 명성은 더욱 널리 알려졌고, 3・1운동 때 137인의 파리장서 대표로 추대되었다. 그로 말미암아 2년형의 옥고를 겪던 중에 병보석으로 나왔으나 여독으로 세상을 떠났다. 1963년에는 건국훈장 독립장이 추서되었다. 저술로 183권의『면우집(俛宇集)』이 있다.

곽종석의「두류기행 25편」은 1877년 8월 7일부터 15일까지 허유를 비롯한 강우(江右) 지역의 여러 학자와 함께 지리산을 유람하고 지은 것이다. 이 유람에서 허유는「두류록」을 남겼고, 권규집(權奎集)은「유산기행 15수(遊山記行十五首)」를 남겼다.

높은 곳은
아래에서부터 오르는 법

권규집의 유산기행

높은 곳은 아래에서부터 오르는 법

권규집權奎集의 유산기행遊山記行

○ 도구대¹ 陶邱臺

붉은 벼랑 높고 높은데 흰 구름이 드리워 있고	丹崖屹屹白雲陰
도구 노인은 어디로 갔나 나의 회포 깊어지네.	陶老焉歸我懷深
금호²에서의 자득함은 도구대 위 즐거움이요	自得金湖臺上樂
남명 선생 참된 지결은 자리에서 느끼는 마음.	眞傳山海席間心
사람의 자질은 참으로 청탁으로 나눠지겠지만	人才固是分淸濁
땅이 빼어나니 치우치면 어떠랴 고금이 같은데.	地勝偏何似古今
신인 기인 불기인 도구옹이 나약한 자 격려하니³	神異不羈要激懦

---

1 도구대(陶邱臺) : 현 경상남도 산청군 단성면에서 시천으로 들어가는 도중 구만마을 위쪽 덕천강 가에 있는 바위를 일컫는다. 도구 이제신(李濟臣, 1510-1582)이 은거했던 곳이다.

2 금호(金湖) : 도구대 아래 덕천이 고여 호수처럼 보이는 곳을 가리키는 듯하다. 태연(苔淵) 이라고도 불렀다.

끝내 수립함이 없는 난 후회를 금하기 어렵구나.　　　終然無立悔難禁

○ 산천재 山天齋

도덕군자가 자신의 덕을 날로 빛나게 했으니　　　君子光輝德
집 주변에 대축괘의 뜻을 딴 산천재가 있네.　　　宅邊大畜齋
선생께서 남기신 실마리를 찾을 수는 있지만　　　遺緒雖堪覓
사시던 집 언덕이 무너져서 마음이 상하누나.　　　傷心廬阜頹

○ 길을 가는 도중에 구두로 읊다 道中口號

덕천은 맑아서 만물을 허여하는 듯　　　德川淸若許
사람이 거울 속으로 걸어가는 듯.　　　人在鏡中行
두류산의 높고도 우뚝한 그곳에서　　　頭流高絶處
분명한 근원이 나오는 줄 알겠네.　　　知有的源生

---

3 신인……격려하니 : 조식의 문인 각재(覺齋) 하항(河沆)이 쓴 이제신의 만사(輓詞)에 "신
인 이인 불기인, 이 셋이 합해 하나가 된 사람"[異人神人不羈人 三人合作一人身]이라고
하였다. 『도구실기(陶丘實記)』 권2에 보인다.

○ 송객정 送客亭

한 그루 나무가 사람들에게 사랑을 받으니	一樹爲人所愛之
강가에 우뚝 서서 사람들 입에 전해 오네.	亭亭江上口傳碑
경의⁴로써 마음을 전일하게 닦아 나간다면	苟將敬義專心做
당시 전별한 분에게도 부끄럽지 않으리라.	不愧當年去送誰

○ 대원암 동구에서 大源菴洞口

바위 사이로 돌아서 난 길이 산문을 가르고	巖間路轉劈山門
먼저 들어간 신선들 쓸고 간 흔적이 있구나.	先入羣仙掃却痕
남쪽 지방 유람에 안목을 넓힐 수 있으리니	只可南遊恢眼孔
어찌 서양 학문이 마음을 어지럽게 하리오.	肯將西敎累心根
구름 속에 숨은 진경은 처음 찾는 경치이고	雲中眞贋初尋境
숲 너머로는 지나 온 마을이 보일 듯 말 듯.	林外浮沈已過村
하늘이 이 유람을 위해 맑은 날씨 드러내니	天爲玆行呈霽景
시 짓는 자리에서 밝은 달에 술잔을 대하리.	詩筵將對月明樽

---

4 경의(敬義) : 남명 조식이 중요시했던 두 가지 덕목이다.

○ 산을 오르며 읊다 上山吟

시내를 베고 하룻밤을 묵고는	枕溪纔一宿
방장산 원두처를 찾아 나섰네.	方丈活源尋
천 년 된 모습의 하얀 바위들	石白千年骨
팔월의 숲을 물들인 단풍나무.	楓丹八月林
위를 바라보니 도가 있는 듯	仰止如有道
세상을 굽어보니 무심하구나.	俯世了無心
가장 높은 꼭대기까지 올라가	須盡最高處
큰 바다 끝까지 함께 살펴보리.	兼窮大海尋

○ 남려⁵ 허유 어른이 개운암이라 이름붙인 시에 삼가 차운하다
謹次南黎許丈愈開雲巖命名韻

지금 남려 어른의 기이한 바위에 이르러니	今黎杖屨抵奇巖
형악에서의 남은 근심⁶ 지리산에도 있었네.	衡岳餘愁又嶠南

---

5 남려(南黎) : 허유(許愈, 1833-1904)의 호이다. 자는 퇴이(退而)이다.

6 형악에서의……근심 : 당나라 때 한유(韓愈)가 형산에 갔을 때 음기가 자욱하여 기도를
하자 날이 개었다고 한다. 여기서는 '개운암'이라는 이름이 한유가 형산을 유람할 때와
마찬가지였기 때문에 붙여진 것임을 말하였다. 한유의 『창려집』권3 「알형악묘 수숙악사
제문루(謁衡嶽廟 遂宿嶽寺 題門樓)」에 "我來正逢秋雨節 陰氣晦昧無淸風 潛心默禱若有
應 豈非正直能感通 須臾靜掃衆峯出 仰見突兀撑靑空"이라는 구절이 있다.

이 간절한 정성 하늘이 감응한 줄 알겠으니　　　認是精誠天所感

긴 바람이 삽시간에 푸른 남기 걷어내누나.　　　長風頃刻簸蒼嵐

○ 천왕봉에서 주자의 남악시[7] 운자를 써서 짓다 天王峯 用朱子南嶽韻

음양이 이 봉우리를 잉태할 적에　　　陰陽孕此處

북두성이 그 단서를 드높게 했네.　　　星斗冠其端

장부들은 굽어보고 또 우러러보며　　　丈夫俛又仰

우주를 좁게 때로는 넓게 느끼네.　　　宇宙窄而寬

넓은 바다엔 누런 구름 옅게 끼고　　　海闊黃雲薄

높은 일월대엔 밝은 해가 차갑네.　　　臺高白日寒

지금 찾아온 진중한 그 마음가짐　　　今來珍重意

낭랑히 읊으며 돌아갈 뿐만 아니리.　　　不獨朗吟還

○ 앙미대[8] 仰彌臺

저 아래 산들이 구릉처럼 보이니　　　山兮邱垤類

흙이 쌓여 이처럼 우뚝해 진 것.　　　拔由土積來

---

7 남악시 : 주희의 『회암집』 권5에 수록된 「등축융봉 용택지운(登祝融峯用擇之韻)」을 말한다.

8 앙미대(仰彌臺) : 곽종석(郭鍾錫)의 「두류기행(頭流記行)」에 천왕봉 남쪽 15리 지점에 있

안연처럼 되려는 선비가 적은데 　　　　　士鮮希顔士
이 대만 유독 앙미대라 부르네. 　　　　　臺獨仰彌臺

○ 은여탄[9] 銀餘灘

내 하늘과 가까운 저 천왕봉을 사랑하노니 　　我愛天王九天近
은하가 날아서 남명 선생 살던 데 떨어졌네. 　銀河飛下南冥居
지금 맨 손으로 와 한껏 마시기를 기약하니 　今來白手期充量
다 마시고도 남은 물 또 마시고도 남는구나. 　喫後餘波喫又餘

○ 남려 어른의 시에 차운하여 명원[10]에게 주다 　次南黎丈人韻 贈鳴遠

예로부터 천왕봉 정상에 있는 일월대를 　　從古天王絶頂臺
단번에 올랐다 돌아갔다는 말 못 들었네. 　未聞一躍遽登回
가을바람 불고 그대들 건각에 의지했으니 　秋風賴子遊山脚
비로소 알겠네, 한 걸음씩 나아가 오른 줄. 　始信前頭寸進來

　다고 하였다. '앙미'는 『논어』 「자한(子罕)」 제10장의 '앙지미고(仰之彌高)'에서 따온 것
　으로, '우러러보면 더욱 더 높아 보인다'는 뜻이다. 이는 안연(顔淵)이 공자의 경지를 따르
　려 해도 말미암을 길이 없음을 탄식한 말이다.
9 은여탄(銀餘灘) : 곽종석의 「두류기행」에서는 앙미대 곁에 있는 개울이라 하였다.
10 명원(鳴遠) : 곽종석의 자이다.

○ 탁영대[11] 濯纓臺

남명 선생 존모하여 탁영대도 사랑하니	爲慕冥翁愛此臺
창랑의 맑은 물이 덕천을 돌아 흘러오네.	滄浪之水德川廻
날마다 경의로써 내 마음을 깨끗이 하면	日將敬義吾心潔
그때만 갓끈 씻으러 온 것뿐만이 아니리.	不獨當時濯纓來

○ 수청가에서 남려 어른을 작별하며 水淸街 別南黎丈人

아름다운 명망 일찍부터 들었는데	令望曾灌耳
이번 유람 다행히도 모시고 다녔네.	此行幸陪遊
봄바람이 오도리[12]에서 불어 오면	春風吾道里
우리들이 찾아가 배움을 얻으리라.	得所我衣摳

○ 천왕봉에서 돌아오는 길에 주자의 축융봉시[13]를 가지고 운자를
    나누어 '탕(盪)' 자를 얻었다 天王峯歸路 用朱子祝融峯詩 分韻得盪字

| 천하 명산 중 세 개가 동국에 있으니 | 天下名山三在東 |

---

11 탁영대(濯纓臺) : 현 경상남도 산청군 시천면 덕산에 이르기 전 덕천 가에 있는 바위이다.
   남명 조식이 소요하던 곳으로, 각자(刻字)가 있다.
12 오도리 : 현 경상남도 합천군 가회면 오도리를 말한다. 허유(許愈)가 살던 곳이다.
13 축융봉시(祝融峯詩) : 주희(朱熹)의 『회암집(晦庵集)』 권5에 수록된 「취하축융봉작(醉下

한라산과 풍악산 그리고 방장산이라네.	漢挐楓岳暨方丈
그 가운데 방장산이 더욱 높고 빼어나	方丈尤爲高絶者
내 평지에서 하늘처럼 늘 우러렀다네.	我於平地如天仰
비가 오려 산허리엔 운무가 자욱한데	欲雨峯腰雲霧暝
허공을 찌른 일월대 일월처럼 밝구나.	凌空臺角日月朗
이 광경 듣고서 오르리라 생각했는데	耳得此景擬拚躋
세상사에서 일찍이 벗어나지 못했네.	浮生早未卸塵網
문득 문수 가 초가에서 소식 전해 와[14]	信息忽自汝上廬
가을 팔월에 지리산을 유람하자 했네.	高秋八月云遊賞
절름발이로 빈 집이나 지키려 했는데	肯爲躄者守堂空
신선들 따라 상쾌한 바람 쐬고 싶었네.	願隨仙侶駕風爽
겨우 수청가를 지나 입덕문에 이르니	才過水淸屆德門
남명 선생 유적이 어제처럼 선명했네.	冥老遺蹟如疇眼
사류들이 두류록[15]을 전하며 암송하니	士流傳誦頭流錄
천인벽립 그 기상 보지 못해 한스럽네.	恨不親覩壁立像
황혼을 밟고 와 절간으로 들어가서는	踏來黃昏入僧居

祝融峯作)」을 가리킨다. 이 시 중 '我來萬里駕長風, 絶壑層雲許盪胸' 2구를 가지고 각자
운자를 나누어 시를 지었다.

14 문수……와 : 문수는 현 경상남도 산청군 단성면 남사마을을 돌아 흐르는 시내를 말한다.
허유의 「두류록(頭流錄)」에 의하면, 1877년 8월 당시 남사에 살고 있던 곽종석이 편지를
보내 지리산 유람을 권유하여 성사되었다고 한다. 권규집 또한 인근 단성에서 살았다.

15 두류록(頭流錄) : 조식의 「유두류록(遊頭流錄)」을 말한다.

백운과 함께 자니 속세를 초탈한 듯하네.	宿與白雲超塵想
유평골짝 깊고 좁아 하늘이 길게 덮은 듯	柳坪深窄天橢覆
젊은이와 늙은이 함께 앞으로 나아갔네.	直向前頭共少長
남려 어른은 조용히 짚신 신고 걸어가고	黎丈從容步芒屩
효효재[16] 노인은 지팡이 휘두르며 갔네.	囂翁飄逸飛杞杖
회와[17]는 자주 돌아보며 벗들을 경계했고	晦窩頻顧諸朋戒
험한 길 두려워서 편히 걷지를 못하였네.	祗恐艱險不利往
돌다리엔 여울물 부딪혀서 격하게 울리고	石杠湍撲淙淙鳴
단풍숲엔 비가 내려 스산한 메아리 들렸네.	楓林雨落蕭蕭響
종일 절벽을 올라 밤에는 바위에서 묵었고	竟日捫壁夜棲巖
냇물 마시고 연하를 먹어도 되레 배불렀네.	澗飲霞飧腹猶餞
이번 유람은 중도에 그만둘 수가 없었으니	今行不可止半塗
소매를 펄럭이며 새벽녘에 상봉으로 올랐네.	風袂獵獵凌晨上
사방 산은 고요하여 태곳적 분위기인 듯했고	四山靜似太古意
신령이 우릴 위해 귀신을 날뛰지 못하게 했네.	巨靈爲我藏魍魎
위험한 길 겨우 지나니 경치가 점점 아름답고	危路纔通境漸佳
남기 흩어지자 순식간에 천지가 맑게 개었네.	嵐散須臾霽儀兩
천왕봉의 진면목은 더욱 더 분명히 보였는데	眞面天王却分明

---

16 효효재 : 문진영(文鎭英, 1826-1879)의 호이다. 자는 성중(聖仲), 본관은 남평이다.

17 회와(晦窩) : 조병희(曹秉憙, 1880-1925)의 호이다. 자는 회중(晦仲)이고, 단성 원당(元堂)
　에 살았다. 곽종석의 문인이다.

소년대[18]를 보니 도리어 모호하게 느껴졌네.　　　局眼少年還敵恍

일만 사천 길 높이의 천왕봉 꼭대기에 올라　　　萬四千丈旣盡頭

갓을 바르게 쓰고 우뚝 서니 흉금이 시원했네.　　　正冠兀立胸衿瀯

태청궁 상청궁 옥좌까지 호흡이 통할 듯했고　　　太上瑤座呼吸通

발 아래 보이는 영역은 끝없이 넓기만 했네.　　　以下幅員際涯罔

북쪽으로 아련히 보이는 삼각산을 바라보니　　　北望三角依俙界

봉래궁[19]이 위궐[20]에 가까이 있는 듯하구나.　　　蓬萊宮闕逼魏象

물 맑고 산 높은 곳에 오백 년이 지난 나라　　　水淸山高五百秋

나라를 걱정하는 백성은 풍년을 소원하였네.　　　憂國人民願歲穰

대마도는 신기루 속에서 보였다가 없어지고　　　馬島出沒蜃樓中

가물가물 상투만한 섬은 흙덩이처럼 작았네.　　　隱隱翠髻小如壤

황악산과 계룡산도 아들 손자처럼 보이는데　　　黃岳鷄龍亦兒孫

감히 존귀한 이 산과 비슷하다고 비교하리.　　　敢與尊者較彿彷

지맥을 굽어 살피자니 배를 탄 듯 흔들흔들　　　俯察地脉如舟搖

물결 속에 떠 있는데 물의 형세 넘실대는 듯.　　　泛在派派水勢瀁

크구나 추 땅 현인, 물 보는 데 방법 있으니[21]　　　大哉鄒賢觀有術

---

18 소년대 : 지리산 하봉 근처에 있는 대를 말한다.

19 봉래궁 : 당나라 수도 장안에 있던 궁궐 이름이다.

20 위궐(魏闕) : 고대 궁문 밖 양쪽 가에 높다랗게 세운 누관(樓觀)으로, 여기서는 천상의
누관을 말하는 듯하다.

21 추……있으니 : '추 땅 현인'은 맹자(孟子)를 일컫고, '물을 보는 데 방법이 있다'는 말은
『맹자』「진심 상(盡心上)」에 보이는 '관수유술(觀水有術)' 이하의 내용을 가리킨다.

어찌 수고로이 물을 쳐서 이마로 튀게 하리.[22]	何勞搏躍使過顙
내 사방을 두루 보고 사해까지 가보고 싶으니	我欲周流薄四海
가벼운 바람을 상앗대 삼는 게 어찌 애석하리.	那惜輕風一爲槳
천오[23]가 바다에서 부르는 것 참으로 괴로우니	良苦天吳呼萬壑
여러 곳에서 배회하여 더욱 항해가 어려웠네.	縈回諸域尤沆瀁
왜인과 용백[24]은 동쪽으로 거듭 통역하는 곳	倭夷龍伯東重譯
불제[25]와 연만[26]은 남쪽으로 멀리 떨어진 곳.	佛齊蜒蟎南絶黨
북쪽 흑치국[27]까지 열려 어찌나 가물거리는지	北開黑齒何杳茫
서쪽으로 홍모국[28]까지 접해 막막하기만 하네.	西接紅毛太漠廣
부끄럽게도 내 천견으론 멀리까지 보지 못하니	愧余淺見難遠明
감히 여기에 올라 기를 도와 기른다고 말하리.	敢曰登斯氣助養
중화문명 쇠퇴하고 더러운 덕이 다가오는 세상	華夏淪喪穢德臨
대명의 영향 받은 선비 의지 더욱 강개해지네.	皇明遺士志盆慷

---

22 물을……하리 : 맹자가 고자(告子)와 논쟁을 하면서 "지금 물을 쳐서 튀어 오르게 하면 이마를 지나게 할 수도 있고, 거슬러 흐르게 하면 산에도 있게 할 수 있다. 그러나 이것이 어찌 물의 본성이겠는가?[今夫水 搏而躍之 可使過顙 激而行之 可使在山 是豈水之性哉]"라고 한 말을 가리킨다. 『맹자』「고자 상(告子上)」에 보인다. 여기서는 본성을 터득해 그에 순응해 사는 삶을 이상적인 것으로 말하였다.

23 천오(天吳) : 사람 얼굴에 머리가 여덟 개인 물의 신을 일컫는다.

24 용백(龍伯) : 북해에 있는 나라 이름이다.

25 불제(佛齊) : 수마트라 섬 남단을 말한다.

26 연만(蜒蟎) : 자세치 않다.

27 흑치국(黑齒國) : 북방에 있던 나라 이름이다.

28 홍모국(紅毛國) : 네덜란드를 말한다.

천왕은 여전히 황명의 하늘을 지탱하고 있어서　　天王尙撑皇明天
햇빛과 달빛은 옛날처럼 변함없이 비추고 있네.　　日月光輝舊時傲
손을 들면 구름 밖 맑은 이슬을 마실 수 있으니　　擧手可飮雲表露
백량대에 구리기둥 선인장을 부질없이 만들었네.[29]　栢梁謾叙銅人掌
늠름하게 하늘을 떠받치는 일월대에 오르고서야　　凜凜扶臺俛仰勤
비로소 이 세상이 매우 넓고 넓은 줄을 믿겠네.　　始信乾坤太浩蕩
태장[30]도 추극[31]을 도리어 건너기 어려워하는데　　大章猶難步樞極
작은 지혜 가진 사람들 허공을 잘도 건너갔네.　　小知徒能適莽蒼
보는 게 듣는 것보다 나은 줄 생각지 못했으니　　不圖所見愈所聞
사방에 둘러앉아 정신 잃은 듯 아무 말 없구나.　　四座無言若失惘
우리나라에서는 남악사라 부르는 것 당연하니　　東國宜訓南岳祠
해마다 제사 올리고 신에게 흠향하게 하였네.　　祭儀年年致神饗
그때는 널리 이롭게 하는 사당일 뿐만 아니고　　不獨當時廣利廟
바다의 온갖 영령이 모두 나와 놀라워하였네.　　海之百靈畢出怳
웃으며 기암을 매만지고 지난 자취 느끼는데　　笑撫奇巖認前跡
훌륭한 선비들이 이름 붙여서 표방을 하네.　　濟濟冠冕名標榜
산신령은 이끼가 각자를 갉아먹지 않게 하소　　山靈不敎苔蝕字

---

29 백량대에……만들었네 : 한(漢)나라 무제(武帝)가 백량대를 쌓고 20장 높이의 구리기둥
위에 이슬을 받는 선인장을 세웠다고 한다.

30 태장(大章) : 우(禹) 임금의 신하로, 잘 달리는 사람이다.

31 추극(樞極) : '추'는 북두칠성의 첫 번째 별을, '극'은 북극성을 말한다.

애써 높은 곳에 오른 것을 표장한 듯하구나.	努力臨高似嘉奬
허공에서 긴 휘파람 불며 표표히 내려오다	長嘯碧空飄然降
돌아보니 이내 몸이 신선처럼 소요하는 듯.	始顧吾身化羽倘
점심때는 신선너들 나무 그늘에서 쉬었는데	午陰休于仙磧樹
지금까지 학가³²가 왕림한 곳이라 전해지네.	至今傳說鶴駕枉
맑은 물 가 바위에 앙미대라 크게 쓰고서는	特書仰彌淸灘石
각자 평지로 돌아와 부지런히 힘쓰기로 했네.	各歸平地庶勉强
높은 곳은 밑에서 올라야 하니 어찌 엽등하리	升必自下焉用躐
귀감은 장대한 유람을 한 지리산에 있다네.	鑑在智異壯遊鄕

작품
개관

출전: 『겸산집(兼山集)』 권1, 「유산기행 15수(遊山記行十五首)」

일시: 1877년 8월 7일 - 8월 15일

동행: 곽종석(郭鍾錫), 허유(許愈), 김진호(金鎭祜), 이도묵(李道默), 이도추(李道樞), 박규호(朴圭浩), 하용제(河龍濟), 조원순(曺垣淳) 등

일정: •8/7일 : 남사 - 도구대 - 산천재 - 대포(大浦)

　　　　•8/8일 : 대포 - 북천(北川) - 송객정(送客亭) - 평촌(坪村) - 장항령(獐項嶺) -

---

32 학가(鶴駕) : 주(周)나라 영왕(靈王)의 아들 진(晉)이 신선술을 배워 학을 타고 구씨산(緱氏山)에 머물렀다고 한 데서 유래한 말로, 여기서는 신선을 의미하는 듯하다.

부운정(浮雲亭)-대원암

- 8/9일 : 대원암-용추-하류평(下柳坪)-상류평(上柳坪) 15리-거암(巨巖)
- 8/10일 : 거암-중봉-천왕봉 일월대·천왕당-석문-사자령
- 8/11일 : 사자령-신선적(神仙磧)-국수봉(菊首峯)-내원(內源)-만폭동(萬瀑洞)-조원순(曺垣淳)의 집
- 8/12일 : 조원순의 집-산천재-탁영대(濯纓臺)-도구대-입석리
- 8/13일 : 입석-섬계(剡溪)-법물(法勿) 치수서당(致受書堂)
- 8/14일 : 법물-귀가

관련 설명 : 권규집의 유람에 동행한 이들은 모두 단성 일대를 중심으로 세거하던 강우(江右) 학자들이다. 이때의 유람을 기록한 유람록이 허유의 「두류록(頭流錄)」이고, 연작시로는 곽종석의 「두류기행 25수(頭流記行二十五首)」가 있다.

저자 : 권규집(權奎集, 1850-1916)

초명은 태로(泰魯)이고, 자는 학규(學揆), 호는 겸산(兼山), 본관은 안동이다. 명종 때 유일(遺逸)로 천거를 받은 안분당(安分堂) 권규(權逵, 1496-1548)의 12세손이다. 부친은 권박용(權璞容)이다. 현 경상남도 산청군 단성에서 태어났다.

어려서 부친에게 가학을 전수받았고, 성재(性齋) 허전(許傳)의 문하에서 수학하였다. 면우(俛宇) 곽종석과 교유하여 도리를 강론하였다. 또한 동향의 선배학자인 해려(海閭) 권상적(權相迪), 회산(晦山) 이채규(李采奎), 학산(鶴山) 박상태(朴尙台) 등과 함께 학문적 명성을 떨쳤다.

24세 때(1873) 한양을 관광하였고, 이후 1885년까지 13년 간 여러 곳을 두루 기행하였다. 문장에 재주가 있어 이 시기 세상에 쓰임이 되려 했으나 여의치 않았고, 이듬해(1886) 부친과 함께 진산(榛山)으로 옮겨가 살았다. 이때 '겸산'이라 자호하였으니, 『주역』 간괘(艮卦)의 '간지(艮止)'에서 그 뜻을 취한 것이다. 경서에 뛰어났으며, 특히 『맹자』와 『시경』에 조예가 깊었다. 저술로 『겸산집』이 있다.

천왕봉에 오르면
조선이 대명천지임을 알게 되리

곽종석의 후두류기행

천왕봉에 오르면
조선이 대명천지임을 알게 되리

곽종석郭鍾錫의 후두류기행後頭流記行[1]

–한주(寒洲)[2] 선생과 만성(晚醒)[3] 선생 등 여러 공이 지리산 유람을 떠나기에, 나는 이번 유람을 다시 하지 않을 수 없었다. 洲上及晚醒諸公 因作上山之遊 故余不免再作此行

○ 도구대에 오르다 登陶丘臺

하늘빛과 물빛이 둘 다 밝게 출렁이는 곳　　　　　　　天光水色兩陶陶

---

1 후두류기행 : 곽종석이 허유(許愈) · 김진호(金鎭祜) 등과 천왕봉을 다녀온 10일 뒤인 1877년 8월 25일, 스승 이진상(李震相, 1818-1886)과 박치복(朴致馥, 1824-1894) 등을 따라 대원사까지 유람하면서 지은 시편이다.

2 한주(寒洲) : 곽종석의 스승인 이진상의 호이다. 경상북도 성주에 거주하였다.

3 만성(晚醒) : 곽종석의 또 다른 스승인 박치복의 호이다. 경상남도 함안 출신이나 만년에 합천 황매산 밑에서 강학하였다.

증점은 그 옛날 지향을 매우 높게 했었지.[4]   點也當年太着高
알겠네, 깊은 못에 임한 듯 조심하던[5] 곳   須知戰戰臨深處
진실로 솔개와 물고기가 상하에 드러났네.[6]   眞箇鳶魚上下昭

○ 입덕문 入德門

입덕문 안으로는 곧게 뻗은 길이 나 있고   入德門中條路直
탁영대 아래에는 옥 같은 맑은 물이 흐르네.   濯纓臺下玉流澄
가면 천왕봉에 오르고 임하면 비출 수 있으니   行可登天臨可鑑
이 공간에서 어찌 굳이 문장의 흥취 기다리리.   此間何必待文興

○ 산천재 山天齋

우뚝한 천왕봉은 분명 우리 동방을 진압하며   屹柱分明鎭幹東

---

4 증점은……했었지 : 공자의 제자 증점(曾點)은 뜻을 크게 한 광자(狂者)로 일컬어진다. 그
는 세상에 나아가 뜻을 펴기보다는 본성을 해치지 않고 자연에 동화되는 삶을 지향하였다.
『논어』「선진(先進)」에 보인다.

5 깊은……조심하던 : 증점의 아들 증삼(曾參)이 죽기 전에 제자들을 불러 놓고 계신공구(戒
愼恐懼)하며 일생을 살았다고 한 말이다. 『논어』「태백(泰伯)」에 보인다.

6 솔개와……드러났네 : 『중용장구(中庸章句)』제12장에 보이는 '솔개는 날아 하늘에 이르고,
물고기는 연못에서 뛰노니, 그 상하를 살핀다는 말이다(詩云 鳶飛戾天 魚躍于淵 言其上下
察也)'라고 한 문구에서 따온 것으로, '천리(天理)가 상하에 유행하는 현상'을 말하였다.

무이구곡 높은 곳은 만인이 모두 우러르는 곳.　　　　武夷高處萬瞻同

　-천주봉은 무이산(武夷山)⁷의 가장 높은 봉우리이다. 회암(晦庵)⁸의 시에 "우뚝한 하늘을 떠받친 한 기둥, 웅장하게 동방을 진압하네."⁹라고 하였다. 지금 천왕봉은 지리산에서 가장 높은 봉우리이고, 그 밑에는 무이구곡이 있다. 天柱峯爲武夷之最 高者 晦庵詩云 屹然天一柱 雄鎭斡維東 今天王峯爲智異之最高者 而其下有武夷九曲

푸른 소나무 소슬하여 세모에도 변치 않는데　　　　蒼松瑟瑟歲寒色

　-산 아래 사방 가까운 곳에 옛날 남명 선생이 손수 심은 소나무가 많았는데, 지금은 이미 강제로 반은 벌목하여 남아 있는 것이 거의 없다. 山下四近 舊多冥翁手種之松 今已强半見伐 存者無幾

잡초가 우거져 독송하던 풍조는 쓸쓸하네.　　　　鞠草寥寥絃誦風

　-지금 덕천서원은 이미 훼철되어 폐허가 되었다. 今德院已邱墟

초학자들 문으로 들어설 때 의당 단정하니　　　　初學端宜入門內

　-문은 입덕문을 말한다. 入德門

선천의 도학이 이 산 속에 절로 있기 때문.　　　　先天猶自在山中

　-산은 산천재를 말한다. 山天齋

네 분 초상이 전하는 것을 알고자 한다면　　　　要知四像傳神處

　-남명 선생은 일찍이 손수 성인 공자(孔子)와, 주염계(周濂溪)¹⁰ · 정명도(程明

---

7 무이산(武夷山) : 중국 복건성에 있는 산으로, 송대 학자 주희(朱熹, 1130-1200)가 은거하여 공부하던 무이정사(武夷精舍)가 있다. 또한 무이구곡(武夷九曲)이 있는데, 주희가 「무이도가(武夷櫂歌)」를 지음으로써 조선시대에 성지(聖地)로 인식되었다.

8 회암(晦庵) : 송나라 학자 주희의 호이다.

9 우뚝한……진압하네 : 주희의 『회암집』 권6 「무이칠영(武夷七詠)」 중 「천주봉(天柱峯)」이란 시에 보인다.

道)¹¹ · 주회암(朱晦庵)¹²의 초상을 그려서 걸어놓고, 아침저녁으로 우러르며 공경하였다. 지금은 산천재 동쪽 협실에 봉안하고 있다. 이날 여러 공이 공경히 그 초상에 배알하였다. 先生嘗手摹大聖及濂溪明道晦菴遺像 朝夕瞻敬 今奉安于齋之東夾 是日 與諸公祇謁

단지 내 마음이 하나로 관통하는 점을 볼 뿐.　　　　只看吾心一串通

○ 종기가 나서 도천¹³에 눕다 病疽 臥桃川

내 살면서 즐김도 분노도 없었는데　　　　我生不嗜怒
뜻하지 않은 이 종기를 어이할거나.　　　　奈此无妄疽
두렵구나, 깊숙하고 궁벽한 곳에서　　　　恐於幽隱地
몸져 앓다가 털고 일어나지 못할까.　　　　潛藏未磨除

○ 대원암¹⁴에 뒤따라 이르러 삼가 한주 선생의 시에 차운하다
　　追到大源菴 謹次洲上韻

한 달 사이 무슨 맘으로 두 번이나 여기 왔나　　　　一月何心再到時

---

10 주염계(周濂溪) : 북송 때 유학자 주돈이(周敦頤)를 말한다. 염계는 그의 호이다.

11 정명도(程明道) : 북송 때 유학자 정호(程顥)를 말한다. 명도는 그의 호이다.

12 주회암(朱晦庵) : 남송 때 유학자 주회를 말한다. 회암은 그의 호이다.

13 도천(桃川) : 현 경상남도 산청군 삼장면 덕교리 근처를 가리키는 듯하다.

14 대원암(大源菴) : 현 경상남도 산청군 삼장면에 있는 대원사를 가리킨다.

천왕봉과 선생님은 이 마음 알고 계실 터이지.　　天王峰及丈人知

마음은 남악에 오르고도 싶지만 연분 아닌 일　　襟期南嶽非緣事

절간 서쪽 숲속을 거닐며 시나 지어야겠구나.　　杖屨西林可有詩

탑을 대하니 문득 부끄러워 생각하기 괴롭지만　　對塔翻慙懸想苦

꽃을 집어 보이던 은근한 미소[15] 기이하구나.　　拈花須會破顏奇

신선세계에서 병을 요양하여 오히려 청복이니　　仙區養病猶淸福

유람하며 지은 시를 보고 차운해도 늦지 않으리.　　取次遊淮亦不遲

　-나는 등에 난 종기가 점점 심해져서 선방에 홀로 남아 휴식을 할 생각이었다. 당시
여러 공들은 장차 남쪽으로 바닷가를 유람하고자 하였으므로 마지막 연에 그렇게
말한 것이다. 余以背疽轉劇 獨留禪房 爲將息計 時諸公且欲南遊海上 故末聯云

○용추 龍湫

　-대원암 동북쪽 냇가에 있다. 在大源東北澗

신령스런 산이 기이한 기운을 기르고　　靈山毓異氣

신령이 움직여 자연스럽게 만들었네.　　神物動而天

드디어 두 언덕이 갈라진 곳을 보고　　遂見雙崖裂

백 개나 이어진 폭포에 깜짝 놀랐네.　　翻驚百瀑連

---

15 꽃을……미소 : '염화미소(拈花微笑)'를 일컫는다. 석가모니가 영산회상(靈山會上)에서
　　연꽃을 들어 보이자 그의 제자 가섭(迦葉)만이 그 뜻을 알고 미소를 지었다고 한다.

인간세상에선 기우제를 지내는 곳이라	人間期得雨
숲 아래에서 농사짓는 광경 떠오르네.	林下想耕烟
봉우리 저 멀리서 폭포수가 쏟아지니	水躍靑峰遠
유람하는 나그네 두려워 나서지 못하네.	遊筇怕未前

- 두보의 「도죽장인(桃竹杖引)」이란 시에 "삼가 물이 튀어 올라 용으로 변하는 것을 보지 말라, 나로 하여금 호숫가 푸른 봉우리에 자취를 사라지게 하리니."[16]라고 하였다. 나는 병으로 천왕봉에 오르는 유람을 따를 수 없었기 때문에 마지막 연에 그렇게 말한 것이다. 杜詩桃竹杖引曰 愼勿見水踊躍化爲龍 使我滅迹於湖上之靑峯 余以病未得從上山之行 故末聯云

○ 만성 어른께 '남려[17]와 애산[18]이 곧장 대원사로 달려오겠다고 약속하였다.'는 말을 들었는데, 그때가 지나도록 오지 않았다. 여러 공들은 모두 산 정상을 향해 떠나고, 나만 홀로 병으로 이 절에 남아 있어 두 사람을 그리워하였다 聞醒丈言南黎艾山有徑赴山菴之約 而過期不到 諸公俱向山頂 而余獨滯病 有懷二公

| 황매산 남쪽 아래에서 걸어오는 그 모습 | 黃梅南下積扶輿 |

----

16 삼가……하리니 : 『두시상주(杜詩詳註)』 권12 「도죽장인증장유후(桃竹杖引贈章留後)」에 보인다. 작자가 인용한 시구는 『두시상주』에 "愼勿見水踊躍學變化爲龍 使我不得爾之扶持滅迹於君山湖上之靑峯"으로 되어 있다.

17 남려(南黎) : 허유(許愈, 1833-1904)의 호이다. 그 외에 후산(后山)이 있다.

18 애산(艾山) : 정재규(鄭載圭, 1843-1911)의 호이다. 그 외에 노백헌(老柏軒)으로도 유명하다.

돌올봉과 내족봉과 천개봉의 우뚝한 기상.　　　　突兀能足天開像[19]

　-황매산에 이 세 봉우리가 있다. 黃梅山有三峯

대훈 적도[20] 같은 연동[21]에 사시는 노인　　　　大訓赤刀淵洞翁

　-만성 어른이 연동에 사신다. 醒丈居淵洞

봄바람과 덕성 같은 은산[22]에 사는 어른　　　　和風景星銀山丈

　-남려 어른에게 은산재가 있다. 黎丈有銀山齋

감악산[23]에 사는 소년은 옥처럼 온화한데　　　　紺嵒少年玉如溫

　-후윤[24]이 당시 감악산에 우거하고 있었다. 厚允時寓紺嵒

단정하고 중한 기약도 깨끗하고 명랑했네.　　　　端重襟期亦灑朗

그 옛날 동향에서 함께 아이들을 가르쳤지　　　　我昔同鄉均執鞭

헤어진 뒤로부터 그리운 생각 자꾸 들었네.　　　　自從離索紆懷想

날씨가 쾌청하고 나뭇잎 떨어지는 가을날　　　　況復天淸木葉落

두류산 절경에서 서로 만날 수 있었음에랴.　　　　頭流佳處集巾簪

이미 연동노인께 뒤따르겠다고 약속했다니　　　　已有淵翁許蠅附

머잖아 구름 낀 산으로 올 날만을 기다렸네.　　　　指日凌高陟雲岑

---

19 능(能) : 원문에 '능'은 음이 '내(耐)'라는 주(註)가 있다.

20 대훈 적도 : 대훈(大訓)은 주 문왕(周文王)과 무왕(武王)의 교훈을 기록한 책이고, 적도 (赤刀)는 무왕이 주(紂)를 정벌할 때 쓴 칼이다.

21 연동(連洞) : 현 경상남도 합천군 가회면 덕촌리 연동마을을 가리킨다.

22 은산(銀山) : 현 경상남도 합천군 가회면 덕촌리 후산(后山)을 가리킨다.

23 감악산 : 현 경상남도 거창군 신원면에 있는 산이다.

24 후윤(厚允) : 정재규의 자이다.

창려[25]는 나막신 챙겨 쫓아왔다고 들었고	似聞昌黎追理屐
강성[26]이 선암의 약속 지켜 모두 환호했네.	共喚康成約仙菴
거문고 안고 등나무 길목에서 기다리다가[27]	爲抱瑤琴勞候蘿
끝내 가을 물로 겸가[28] 시를 읊게 하였네.	竟敎秋水悵賦蒹
한 분 한 분 난새나 학처럼 날아올라가고	一一鸞鶴飛上去
홀로 절에 묵으니 이불에 달빛이 가득하네.	獨宿寒龕月盈衾
등에 종기 나서 구부리니 더욱 공손해진 듯	病背傴僂滋益恭
솥에 죽을 쑬 땐 곽탁타[29]처럼 구부정하네.	鼎饘堪屬郭橐駝
밤새도록 외로운 이 마음은 또렷하기만 해	徹夜孤衷秪耿耿
황매산으로 머리 돌려 한 번 길게 노래하네.	回首黃梅一長歌

25 창려(昌黎) : 당나라 때 문장가 한유(韓愈)의 호이다.

26 강성(康成) : 후한 때 학자 정현(鄭玄)의 자이다.

27 거문고……기다리다가 : 당나라 때 시인 맹호연(孟浩然)이 업사산방(業師山房)에서 묵으며 친구 정공(丁公)을 기다렸으나 오지 않자, "그대가 어제 온다고 해서, 외로이 거문고 안고 등나무 길에서 기다리네.[之子期宿來 孤琴候蘿徑]"라고 읊었다. 여기서는 이 고사를 빌어 자신의 심경을 말한 것이다.

28 겸가(蒹葭) : 『시경(詩經)』 진풍(秦風)의 편명으로, 남녀가 서로 그리워하면서도 만날 수 없음을 안타까워하는 내용이다.

29 곽탁타 : 당나라 때 유종원(柳宗元)이 지은 「종수곽탁타전(種樹郭橐駝傳)」에 나오는 곽씨 성을 가진 꼽추를 말한다.

○ 상봉을 그리는 마음이 있어서 有懷上峯

신령스런 바람이 어젯밤 크게 불어	靈風昨夜大
신선들이 높은 상봉에 날아올랐네.	列仙飂厲儀
쥐 한 마리 선약의 힘이 미약해서	一鼠丹力薄
땅에 떨어져 능히 날 수가 없구나.	墮地不能飛
다만 예전 그곳에 올라본 적 있어	秪有疇昔眼
흉금을 펴고 넓은 세계로 들어가네.	掀胸入浩瀰
대낮에 공들은 그곳에 올라 있겠지	白日公往來
뜬구름이 절로 일어났다 흩어지네.	浮雲自起止
이제는 멀리 떠내려갈까 염려되어	從玆恐流漫
거둬 가까운 데로 일찍 돌아갔으리.	收拾蚤近裏
신선들 내일이면 이곳에 내려와서	仙人明日下
내게 옥구슬 열 꾸러미 주시겠지.	贈我珠十琲
이를 보면 기뻐할 수가 있으리니	持此可怡悅
내 평지에 남았음을 한하지 말자.	勿恨平地在

○ 장난삼아 혜암 상인에게 주다 戲贈慧庵上人

-혜암 상인은 총명하고 글을 알아서 제법 불가의 도리에 대해 설명하였다. 그러므로 시로써 그를 시험하였다. 彼聰明解文字 頗說渠家道理 故以詩試之

내 기화요초를 뜯으러 왔다가	我來拾瑤草

그대 만나 관동화[30]를 주누나.   逢着款冬花

한 편 글에 서문까지 써줬더니   一篇文暢序

오늘날 대한의 문장가냐고 묻네.   須問今韓家

　-지난 갑술년(1874)에 남려 어른도 시를 지어 주었기 때문에 그렇게 말한 것이다.
　往在甲戌 黎丈亦有詩留贈故云

맨손으로 부처와 조사 죽인다니   赤手殺佛祖

　-저들은 '뜻을 세움〔立志〕'의 엄함이 불가만 한 것이 없다 말한다. 예컨대 '맨손이나
　단검으로 부처를 죽이고 조사를 죽인다[31]고 한 것이 이런 경우이다. 彼說立志之嚴
　莫如禪家 若云赤手短刀殺佛殺祖 是也

그 말들이 자못 장대하구나.   爲言頗壯哉

우리는 순임금에게 뜻을 두니   吾門舜何志

놀란 그대 유가로 오려 하네.   駭君撥得來

　-저들이 하는 말은 비록 거칠고 사납지만, 그 부류로 말하자면 또한 우리 유가에서
　말한 "순임금은 어떤 사람이고 나는 어떤 사람인가"라고 한 뜻이다. 彼爲說雖麤悍
　然語其類 則亦吾儒所謂舜何予何之意

---

30 관동화(款冬花) : 약초의 이름이다.
31 맨손이나……죽인다 : 『선가귀감(禪家龜鑑)』에 나오는 말로, 특히 '살불살조(殺佛殺祖)'
　는 당나라 고승(高僧) 임제 의현(臨濟義玄, ?-867)의 유명한 법언이다. 집착과 망념을
　버리고 스스로의 깨달음을 얻기 위한 방편으로, 이후 우리나라 선불교의 정수로 일컬어
　졌다.

그대들도 성성[32]을 말한다니　　　　　　　　　　聞爾說惺惺

　-저들은 '성성이 본래 불가의 뜻'이라고 말한다. 그러나 유가에서도 이를 떠나거나
　버릴 수는 없다. 彼說惺惺本禪旨也 而儒家亦離舍它不得

오묘한 곳에는 다름이 없구나.　　　　　　　　　　妙處得無異

미발은 본래 공(空)이 아니요　　　　　　　　　　未發元非空

적용할 땐 방의를 귀히 여기네.　　　　　　　　　　適用貴方義

○ 여러 공들이 상봉에서 내려와 일출의 광경을 성대하게 말하기에
　부질없이 절구 한 수를 지어 사무치게 그리운 마음을 붙인다
　諸公自上峯來 盛言日出光景 漫成一絶 以寓雋慕之意

인간세상 어디선들 해를 보지 않으랴만　　　　　　人間何處不見日

순환하는 저 붉고 둥근 태양만을 말하네.　　　　　只道循環箇赤圓

모름지기 천왕봉 정상에 이르러 바라보면　　　　　須到天王峰上望

조선이 참으로 대명천지임을 알게 된다네.　　　　　朝鮮眞是大明天

○ 대원암에 머물며 삼보승[33] 경진에게 주다　留贈三寶僧璟珍

　-이 승려는 내가 병이 나 머물 때 정성과 보살핌이 매우 지극하였다. 내가 떠나올

---

32 성성(惺惺) : 마음과 정신을 늘 깨어있는 상태로 유지하는 것을 일컫는다.
33 삼보승(三寶僧) : '삼보'는 불(佛)·법(法)·승(僧)을 말한다. 여기서는 일반적으로 부처

때 시 한 수를 청하기에 이 시를 지었다. 彼爲我病滯 勤款甚至 臨發且乞詩 故有此

그대 미목이 밝고 맑아 사랑하니	愛汝眉目朗
곱디고운 옥을 조탁한 듯한 자질.	娟娟琢瑤英
조달³⁴을 따라서 달아나지 않고	不逐調達去

-불가의 영산회상에서 조달이 자기의 무리를 데리고 도망갔다. 지금 듣자하니 경진의 스승도 이미 환속했다고 하여 그렇게 말한 것이다. 佛之靈山會上 調達率其徒 逃去 今聞璟之師已退俗 故云

여기서 은거하는 맹세를 지켰네.	守此猿鶴盟
운반에는 모두 이치가 있기 마련	運搬皆有理
삼보가 어찌 천한 이름이라 하리.	三寶豈賤名
세속인 자취에 나날이 번뇌하면서	俗跡日相惱
합장하여 보내고 맞는데 허비하네.	叉膜費將迎
다만 내 절간에서 절름발이 신세로	顧余異堂躄
다시 천태산³⁵을 오르게 되었네.	再作天台行
홀연 마귀가 시기하는 인연 만나	魔緣忽相猜
종기가 몸속에 생기게 되었다네.	毒瘡攻艮背
절간 서쪽의 골방에 쓸쓸히 누워	寂寥西曲房

를 믿는 승려를 가리킨다.

34 조달(調達) : 부처의 사촌동생인 제바달다(提婆達多)를 축약해서 일컫는 말이다. 그는 불교 교단을 차지하기 위해 부처를 죽이려 했다가 실패한 인물이다.

35 천태산 : 천왕봉을 가리키는 듯하다. 천태산은 중국 불교의 성지이기 때문에 비유해 쓴 듯하다.

신음하며 진퇴가 곤궁해졌다네.	呻吟谷進退
친구 같은 그대에게 감동 받아	感汝若舊知
의례적이잖게 자못 서로 아꼈네.	拔例頗相愛
이보새 제물[36]은 매우 정결했고	伊蒲極整鮮
공양은 어찌 그리 부드러웠던지.	佛粥何柔滑
방 온기 살펴 대자리 자주 만졌고	驗燠頻捫簟
이별 걱정에 다시 머물게 하였네.	憂離更投轄
도리어 탄식했네 자비심의 종자가	却嘆慈悲種
우활한 저 세상인심 같지 않음을.	不似世情闊
시를 지어 의발 대신 남겨주고서	爲詩替遺衣
그대의 뽕나무 숲 절을 기록하네.	誌爾桑陰刹

○ 여러 공들과 함께 대원암 계곡을 나오면서 하겸재[37] 선생의 시에
　 차운하다 同諸公出洞 用河謙齋先生韻

이번 산행 무슨 일로 어지러이 허비했나	玆行何事費紛紛
어제 올라간 바람 오늘은 구름이 되었네.	昨日溯風今日雲
지세 따라 가는 것 고인에게 부끄러운 일	慚愧古人追逐地

---

36 이보새 제물 : 절에서 재를 지낼 때 올리는 음식이다.

37 하겸재(河謙齋) : 조선중기 학자 하홍도(河弘度, 1593-1666)를 일컫는데, 겸재는 그의 호
　 이다.

빙탄 같은 모순에서 벗어나야 천지를 알리.　　　　　翻從氷炭識乾坤

○ 병든 몸을 이끌고 냇가에 이르러 조 선생의 「두류작」[38]에 공경히
　차운하다　馱病 到川上 敬次曺先生頭流作韻

높은 데 오르기는 어렵지 않다 말했었지　　　　　早謂登高不是難
백 척 위로 올라가면 장대 끝에 오르겠네.　　　　行將百尺到頭竿
한때 병이 나서 그 뜻을 펴지는 못했지만　　　　一時病障雖相失
높은 데 오르는 것 분수 밖 일 아니라네.　　　　莫把登高分外看

○ 작별할 적에 김단계[39]가 사용한 아호의 운자[40]에 차운하다
　將別 次金端磎所用鵝湖韻

옛날 종가시나무 남쪽에서 해질녘 작별했었지　　　憶昔櫧南對晦欽
이럴 때는 항상 훗날을 걱정하는 마음이 들지.　　　此間常耿後來心
날씨 맑고 나뭇잎 떨어지는 중추절 좋은 철에　　　天淸木落仲秋節

---

38 두류작(頭流作) : 『남명집』 권1에 보이는 칠언절구이다. 원문은 다음과 같다. "高懷千尺
　掛之難 方丈于頭上上竿 玉局三生須有籍 他年名字也身看"
39 김단계(金端磎) : 단계는 김인섭(金麟燮, 1827~1903)의 호이다.
40 아호(鵝湖)의 운자 : 주희가 지은 「아호사에서 육자수에게 화운하다[鵝湖寺 和陸子壽]」
　를 말한다. 『회암집(晦庵集)』 권4에 실려 있다.

방장산 올라 개울물 마시고 바위틈에서 잤네.　　潤飮巖棲方丈岑
허공 밖의 흰 구름 보며 수심을 모두 떨치고　　空外白雲愁落落
침침한 데서 떠오르는 붉은 해를 바라보았지.　　望中紅日撥沈沈
이제 집으로 돌아가면 이런 어린 기상 버리고　　此歸另脫些兒氣
훗날 서로 만나거든 오늘의 일 즐겁게 말하세.　　相對他時好說今

○ 삼가 한주 선생이 사용한 정문헌공의 시[41]에 차운하다
　　謹次洲上所用鄭文獻先生韻

천왕의 강건한 덕 부드럽게 이끎을 거절하여　　天王剛德絶牽柔
풍상을 배나 더 맛보며 노쇠한 힘을 면려했네.　　一倍霜風勵素秋
맑은 허공에 휘파람 불고 날아서 땅에 내려와　　劃嘯晴空飛下地
세심정 가에서 또 흐르는 맑은 냇물 마주했네.　　洗心亭畔又澄流

---

41 정문헌공(鄭文獻公) : 정여창(鄭汝昌, 1450-1504)을 말한다. 문헌은 그의 시호이다. 정여
　　창의 시는 김일손(金馹孫)과 함께 지리산을 유람하고 내려와 화개에서 배를 타고 섬진강
　　을 떠가며 지은 「악양(岳陽)」을 말한다. 이 시의 원문은 다음과 같다. "風蒲泛泛弄輕柔
　　四月花開麥已秋 看盡頭流千萬疊 孤舟又下大江流"

○ 또 한주 선생의 「유회한녹사(有懷韓錄事)」[42]에 차운하다

又次有懷韓錄事韻

 -한 녹사는 고려 말의 사람이다. 벼슬을 버리고 이 지리산에 들어와 삽암[43] 등지에
 은거하였다. 麗季人 棄官入此山 隱於鈒巖等地

고려 말의 시사는 타개할 길이 없는 듯했지	崧陽時事若無津
칠십 여 분이 미리 먼저 두문동에 은거했네.	七十人前蚤隱淪
천왕을 사랑하기 때문에 조석으로 우러르며	爲愛天王朝暮仰
진나라 학정 쫓지 않고 무릉도원에 피했었네.	秦衣非逐武陵春

○ 또 한주 선생의 「유회옥보고(有懷玉寶高)」[44]에 차운하다

又次有懷玉寶高韻

 -옥보고는 신라시대 사람이다. 이 지리산에 은거하여 거문고를 30년 동안 배웠는
 데 선학이 날아와 춤을 추었다고 한다. 羅時人 隱居此山 學琴三十年 有仙鶴來舞云

| 오동나무 거문고 안고서 영산에서 공부하니 | 積抱枯梧癢嶽靈 |
| 선학이 춤추며 맑고 고운 소리 간드러졌네. | 翩然仙侶氋輕清 |

---

42 유회한녹사(有懷韓錄事) : 이진상(李震相)의 『한주집(寒洲集)』 권2에 수록되어 있으며,
   원제(原題)는 「열두류고사 유회한녹사옥보고(閱頭流故事 有懷韓錄事玉寶高)」이다.
43 삽암(鈒巖) : 현 경상남도 하동군 악양면 평사리 섬진강 가에 있다.
44 유회옥보고(有懷玉寶高) : 이 시도 이진상의 『한주집』 권2에 수록되어 있는데, 원제는
   「열두류고사 유회한녹사옥보고(閱頭流故事 有懷韓錄事玉寶高)」이다.

곡조 끝난 뒤 봉우리에 사람은 보이지 않고　　　　曲後靑峯人不見

골짜기에 구고 소리[45] 길이 숨기고 말았네.　　　　洞天長秘九皐聲

-지리산 밑에 청학동이 있다. 전후로 이곳을 찾은 자들은 모두 그 목적지를 찾을
수 없었다. 그러니 사람과 거문고가 모두 없어지고, 학도 한 번 떠난 뒤에는 다시
돌아오지 않은 것이 아닐까? 山下云 有靑鶴洞 而前後來尋者 皆不能得其的地 無乃人
琴俱亡 而鶴亦一去而不復返耶

○ 최문창후[46]를 그리워하는 마음이 있어서 有懷崔文昌

-여러 공들은 이미 한 녹사와 옥보고에 대한 시를 지었다. 그러므로 내가 이로 인해
서 이하의 여러 시를 지었다. ○ 최치원이 일찍이 이 산을 왕래하였는데, 지금의
쌍계사 등지이다. 바위에 새긴 글씨 유적이 있다. 또한 청학루도 있는데, 이는 최치
원이 명명한 것이라고 한다. 諸公旣有韓玉二詩 故余因而有以下諸作 ○ 崔公甞往來
此山 今雙磎等地 有石刻筆蹟 又有靑鶴樓 是公之所命云

돌아보니 계림에는 누런 잎 혼미하고　　　　回首鷄林黃葉迷

까마득한 방장산엔 백운이 서려 있네.　　　　悠悠鰲背白雲兮

천 년 바위에 괴이한 섬광 번쩍이니　　　　千載品阿光怪閃

선학이 쌍계사로 내려오는 게 아닐까.　　　　猶疑笙鶴下雙磎

---

45 구고 소리 : 구고(九皐)는 『시경(詩經)』 「학명(鶴鳴)」에 보이는 말로, 학이 우는 깊은 숲
　　을 말한다. 여기서는 깊은 숲속에서 우는 학의 울음소리를 가리킨다.

46 최문창후(崔文昌侯) : 최치원(崔致遠, 857-915)을 말한다. 문창은 그의 시호이다.

○ 기고봉[47]을 그리워하는 마음이 있어서 有懷奇高峯

　-기고봉 선생이 일찍이 이 지리산 꼭대기에 올랐다. 先生嘗登此山上頂

선생 자신의 흉금은 본래 끝이 없었으니　　　　自家胸界本無邊
어찌 방장산 상상봉에 비유할 수 있으리.　　　何況方壺上上顚
천만 개 봉우리 가로도 보고 세로도 보니　　　萬嶺千峯橫直看
사단칠정 이로부터 스승의 지결에 맞구나.　　端情由此契師詮

○ 다시 절구 한 수를 읊다 更賦一絶

　-기고봉이 지리산 정상에 올랐을 때 남명 선생도 지리산 남쪽 기슭을 유람하고
　계셨다.[48] 高峰之在上頂也 南冥先生 亦作南麓之遊

천왕봉 상상봉에 기고봉이 올랐을 때　　　　天王峯上留明彦
불일대 앞에는 조남명이 유람했었네.　　　　佛日臺前楗仲來
당시 이 산의 중요함을 상상하겠네　　　　　當年可想玆山重
동남쪽 지탱하는 천하기운 모였으리.　　　　撑受東南間氣堆

---

47 기고봉(奇高峯) : 기대승(奇大升, 1527~1572)을 말한다. 고봉은 그의 호이다.
48 기고봉이……계셨다 : 조식의 「유두류록(遊頭流錄)」에 보인다.

○ 이죽각⁴⁹을 그리워하는 마음이 있어서 有懷李竹閣

-일찍이 남명 선생을 모시고 이 산에 올라 지은 시에 "선생이 계셔 아래서 올라올
수 있었으니, 도리어 다리 밑으로 자잘한 산들을 보네."라고 하였다. 嘗侍南冥先生
登此山 有詩曰 賴有先生升自下 還從脚底見屛顔

단성의 아름다운 선비 그 옛날 장대했네   丹邱儒雅昔何壯

청량산과 지리산을 모두 다 출입하였네.   出入淸凉智異間

　-공은 남명과 퇴계 두 선생의 문하를 출입하였다. 公出入冥退兩先生之門

아래서 높은 데로 오르는 지결 알았으니   自下升高知有訣

예로부터 우둔한 자질 경시하지 않았다네.   古來愚魯莫輕看

　-공은 일찍이 『중용』으로 조남명 선생에게 질정한 적이 있었다. 선생이 놀라서
말하기를 "너의 노둔함이 이토록 영민해졌는지를 생각지도 못했구나."라고 하셨
다. 대개 증자 같은 성인도 노둔함으로써 자득하였고, 또한 공의 시에서 '아래서부
터 높은 데로 오른'고 한 것은 바로 『중용』의 뜻이다. 그러므로 마지막에 그렇게
말한 것이다. 公嘗以中庸質之於曹先生 先生驚曰 不意汝之魯 能曉解至此也 盖雖以曾
子之聖 亦以魯得之 而公詩所謂升自下 亦正是中庸之旨 故末絶云

○ 허문정공⁵⁰을 그리워하는 마음이 있어서 有懷許文正

-선생도 이 지리산을 일찍이 유람하여 「청학동기」를 지었다. 先生亦嘗遊此山 作

---

49 이죽각(李竹閣) : 조식의 문인 이광우(李光友, 1529-1619)를 말한다. 죽각은 그의 호이다.
현 경상남도 산청군 단성에 살았다.
50 허문정공(許文正公) : 허목(許穆, 1595-1682)을 말한다. 문정은 그의 시호이다.

青鶴洞記

삼한 구역이 울밀하게 모두 다 잠겨버려	三韓區域鬱相涵
선학이 비취빛 남기 타는 자취 없어졌네.	滅沒胎禽度翠嵐
형산을 다 보고 우 임금의 자취를 찾으니	大觀衡南探禹迹

－이 산은 우리 동방의 형악[51]이다. 此山卽我東之衡嶽

| 고문의 기이한 변화 그 사이서 아셨다네.[52] | 古文奇變此間諳 |

○ 이밀암[53]을 그리워하는 마음이 있어서 有懷李密菴

－선생이 일찍이 부친을 모시고 광양 유배지에 있을 때[54] 창설재(蒼雪齋) 권천장(權天章)[55]을 전송한 글에서 "광양 동쪽 밭두둑에 나는 초막을 지을 마음 있으니, 조만간 발걸음이 만 겹의 두류산을 두루 둘러보리. 또 천왕봉 위에 올라앉아 바위 위에 그대의 이름을 쓰면 천 리를 떨어져 있으며 정신적으로 사귀는 교분을 충분히 이루리라."라고 하였다. 先生嘗侍家庭 在光陽配所 送蒼雪權天章序 有曰岳陽東畔 僕有誅茅之意 早晚足跡當遍頭流萬疊 旣又坐我於天王峯上 書吾子姓名於巖石上 亦足以成

---

51 형악(衡嶽) : 중국 형악은 남악(南嶽)인 형산(衡山)을 말한다. 우리 동방의 형악은 지리산을 가리킨다.

52 고문의……아셨다네 : 허목이 전서(篆書)에 능했기 때문에 그렇게 말한 것이다.

53 이밀암(李密菴) : 이재(李栽, 1657-1730)를 말한다. 밀암은 그의 호이다. 이현일(李玄逸)의 아들이다.

54 때 : 이현일은 1694년 함경도 종성으로 유배되었다가 1696년 5월 전라도 광양으로 이배되었다. 당시 이재가 부친을 배종하여 백운산 아래 옥룡동에 우거하였다.

55 창설재(蒼雪齋) 권천장(權天章) : 권두경(權斗經, 1654-1725)을 말한다. 천장은 그의 자이고, 창설재는 호이다.

千里神交云云

두류산 남쪽 바라보니 공이 머물던 희양현   頭流南望是晞陽

　-희양은 광양의 옛 이름이다. 光陽舊號

한 가닥 붉은 정성으로 천상을 그리워했네.   一縷丹忱戀上方

해는 지고 산은 비어 찾아오는 이 없으니   日暮山空人不問

이제 날 알아주던 천장 같은 이도 없구나.   如今知已少天章

○ 정명암[56]을 그리워하는 마음이 있어서　有懷鄭明庵

　-공은 일찍이 명나라가 망한 것을 통곡하고서 자기 집의 당호를 '명암'이라 하였다.
　창 앞에는 대명화를 심고, 책상 위에는 노중련[57]의 전기를 두었다. 이름 난 산수를
　두루 유람하였고, 지금 이 지리산 동쪽 산기슭에 명홍대가 있는데 공이 깃들어 쉬
　던 곳이다. 公嘗痛大明之不幸 署其室曰明庵 牕前種大明花 案上置魯連傳 遍遊名山水
　今此山東麓有冥鴻臺 爲公棲息之地

명홍대 위에는 땅에 티끌 한 톨 없으니   冥鴻臺上地無塵

『사기』의 열전 속에 그런 인물[58] 있다네.   司馬書中士有人

---

56 정명암(鄭明庵) : 정식(鄭栻, 1683-1746)을 말한다. 명암은 그의 호이다. 진주 사람으로,
　현 경상남도 산청군 시천면 구곡산 밑에 은거하였다.

57 노중련(魯仲連) : 중국 전국시대(戰國時代) 제(齊)나라 사람이다. 무도한 진시황(秦始皇)
　이 천하를 통일하여 천자가 되면 암흑세상이 될 것이니, 자신은 동해에 빠져 죽어 명월이
　되어서 세상을 비추겠다고 하였다. 『사기(史記)』 권83 「노중련열전」에 보인다.

58 인물 : 전국시대 제나라 사람 노중련을 말한다.

명산을 다 돌아보고 이곳에서 늙었으니　　　　　　　行盡名山終老此

천왕봉 밑에 사는 대명의 백성이었지요.　　　　　　天王峰下大明民

○ 일곱 왕자를 그리워하는 마음이 있어서 有懷七王子

　─신라의 천명이 바뀔 때 경순왕의 일곱 아들이 함께 이 지리산에 들어와 좌선을
　하였다. 지금 지리산 남쪽 기슭에 칠불암이 있다. 新羅革命 敬順王七子偕入此山 爲
　坐禪 今南麓有七佛菴

신라의 왕기가 홀연히 석양으로 기우니　　　　　　東都王氣忽斜陽

일곱 왕자 떠나가서 왕업을 과감히 잊었네.　　　　作者七人大果忘

몸 둘 땅도 없는데 어찌 머물 곳 있었으리　　　　無地置身寧得已

시끄러움은 설산에 비해 더 요란했을 테지.　　　　群咻錯比雪山狂

　─석가모니도 천축국의 왕자로서 부친 곁을 떠나 출가하여 설산으로 들어가 칠년
　동안 수행하여 마침내 성불하였다. 釋迦佛亦以天竺王子 逃父出家 入雪山七年 遂成
　坐佛

○ 단하 상인을 그리워하는 마음이 있어서 有懷丹霞上人

　─단하 상인은 묘향산 승려 천연[59]이다. 앞서 지은 「두류기행(頭流記行)」에 운자를

---

59 천연(天然) : 조선중기의 승려로, 지리산 천왕봉 성모사의 성모를 혹세무민하는 미신이라
　하여 부숴버린 인물이다.

나누어 지은 시의 소주(小注)에 보인다. 卽妙香僧天然者也 見前頭流記行 分韻小注

요상한 서역 풍속을 어찌 해동에서 섬기리	西妖何事海東原
명산에 웅거해 왜곡되게 스스로 높다 했네.	盤據名山枉自尊
한 번의 과격한 손길[60]은 참으로 영리했으니	麤拳一到眞伶俐
이는 조사나 꾸짖는 범상한 선승 아니로세.	不是尋常罵祖人

○ 내 집에서 작별하며 주 선생[朱子]의 「산북기행」[61] 마지막 장[62]의 운자를 써서 함께 유람한 여러 분들에게 두루 올리다 窮廬臨別 用朱 先生山北記行卒章韻 遍呈行軒

-나는 병이 난 몸으로 먼저 나오고, 여러 공들은 구비구비 둘러보다가 모한재[63]에 서 며칠을 보낸 뒤 다시 내 집을 방문하였다. 한주 선생과 만성 어른은 방향을 바꿔 서 남해 금산으로 향하고 광원[64]과 효일[65]은 함께 집으로 돌아갔다. 나는 병으로 누워있을 따름이었다. 余駄病先出 諸公透迤 慕寒齋數日 因再訪窮廬 洲上及醒丈轉向

---

60 과격한 손길 : 지리산 천왕봉 성모사의 성모석상을 깨부순 것을 말한다.

61 산북기행(山北記行) : 주희의 『회암집』권7에 수록된 「산북기행십이장장팔구(山北紀行 十二章章八句)」를 말한다.

62 마지막 장 : 「산북기행」제12장을 말하는데, 원문은 다음과 같다. "明晨江磯寺 尊酒聊對 設 孰是十日遊 遽成千里別 英僚樹嘉政 素友厲孤節 努力莫相忘 淸宵共明月"

63 모한재(慕寒齋) : 현 경상남도 하동군 옥종면 안계리에 있다. 조선중기 학자 겸재(謙齋) 하홍도(河弘度, 1593-1666)가 창건하였다.

64 광원(光遠) : 박상태(朴尙台, 1838-1900)의 자이다. 호는 학산(鶴山)이며, 산청군 단성에 살았다.

65 효일(孝一) : 윤영엽(尹永燁)의 자이다.

錦山 光遠孝一竝歸家 余則病臥而已

병으로 누워 공들을 따라가지 못하지만	病枕貽自阻
둥근 자리에 다시 모여 기쁘기만 합니다.	團席喜重設
주 선생의 축융봉 시에 거칠게 화답하고	粗和祝融吟
문득 강가 낚시터에서 작별을 고하네요.	遽値江磯別
모름지기 공들의 밝고도 넓은 안목으로	須以昭曠眼
태평한 시절을 바꾸어서 나아가시지요.	更於平易節
이제부터 남사마을 개울에는 밤마다	從今南浦夜
가을달이 밝음을 금치 않을 것입니다.	不禁多秋月

```
작품
개관
```

출전:『면우집(俛宇集)』권3,「후두류기행 30편(後頭流記行三十篇)」

일시: 1877년 8월 27일 – 9월 2일

동행: 이진상(李震相), 윤효일(尹孝一), 권인탁(權仁樺), 김인섭(金麟燮), 하용제(河龍濟), 박광원(朴光遠), 김기순(金基淳), 조호래(趙鎬來), 곽승근(郭承根), 조응원(趙應遠), 하우서(河禹瑞), 성한원(成翰元) 및 승려 등

일정: • 8/27일 : 남사 – 도구대(陶丘臺) – 탁영암(濯纓巖) – 산천재(山天齋) – 남명의
　　　　　신도비 – 산천재

　　　• 8/28일 : 산천재 – 장항령(獐項嶺) – 대원사(大源寺)

　　　• 8/29일 : 대원사 – 용추(龍湫) – 대원사

　　　• 8/30일 : 대원사

• 9/1일 : 대원사

• 9/2일 : 대원사 - 귀가

관련 설명: 곽종석의 지리산 유람 연작시는 2편이 전한다. 앞에 실려 있는 「두류기행 25편(頭流紀行二十五篇)」은 1877년 8월 7일부터 15일까지 덕산 - 대원사 - 천왕봉을 오르는 일정으로 유람하였다. 이때의 유람록이 허유(許愈)의 「두류록(頭流錄)」이다.

곽종석은 이 유람에서 돌아 온 열흘 뒤 삼가에 살던 만성(晚醒) 박치복(朴致馥)이 스승 한주(寒洲) 이진상(李震相)과 함께 지리산을 유람하기 위해 남사(南沙)로 찾아오자, 인근의 여러 인사와 함께 다시 열흘 전에 올랐던 그 코스로 산행을 떠났다. 그러나 전날의 산행으로 다리에 무리가 생겨 대원사까지만 동행하였고, 다른 일행이 천왕봉을 올랐다가 하산할 때까지 절에서 기다렸다.

이때의 유람록이 박치복의 「남유기행(南遊記行)」이다. 「남유기행」의 전체 일정은 1877년 8월 24일부터 9월 16일까지이며, 합천을 출발하여 지리산을 오르고, 남해 금산(錦山)까지 유람하였다. 여기서는 연작시에 보이는 일정만 제시하였다.

저자: 곽종석(郭鍾錫) 192쪽 참조.

장대한 구경거리
여기에 다 모였구나

김기주의 추보방장창수운

장대한 구경거리 여기에 다 모였구나

김기주金基周의 추보방장창수운追步方丈唱酬韻

○ 용추[1] 龍湫

못이 작아 큰 용을 들이기는 어려울 듯	潭小容難得
어느 시절에 하늘로 날아 올라갔는지.	何時躍上天
여울물은 바위를 깎아내리며 쏟아지고	飛湍剗石瀉
가파른 절벽은 구름에 의지해 연이었네.	削壁倚雲連
온 골짝엔 우레 같은 소리가 요란하고	滿壑喧雷雨
평평한 숲엔 연무가 끼어 어두침침하네.	平林暗霧煙
신령스런 근원 이곳에 있는 줄 알겠으니	靈源知在此
맑은 시내가 대원암 앞으로 흘러가네.	淸澄古菴前

---

1 용추 : 지리산 대원사 앞의 계곡에 있는 못을 일컫는다.

○ **유평²** 柳坪

밑에서부터 위를 보고 올라가야 하니	自下須看向上躋
운무 걷혀 티끌 하나 없이 청정하구나.	雲收霧捲淨無埃
근자에 작은 언덕 구구하게 연모했는데	年來邱垤區區戀
이곳에서 상쾌하게도 모두 씻어버렸네.	便到於斯快掃除

○ **천왕봉** 天王峯

명산에 오르고픈 오랜 숙원 끌어안고	名山抱宿賞
내 가장 높은 천왕봉 정상에 앉았네.	坐我最高巔
내려다보면 밑에는 땅이 없는 듯하고	俯瞰疑無地
올려다보면 단지 하늘만이 있을 뿐.	仰看只有天
큰 붕새는 저 바다 밖으로 날아가고	大鵬搏海外
철새들은 구름 너머로 사라지누나.	征鳥沒雲邊
배 타고 떠나는 나그네에게 알리니	報道乘槎客
은하까지 갔다는 말³ 믿을 만하구나.	窮河果信然

---

2 유평(柳坪) : 대원사 위쪽에 위치한 마을 이름이다.
3 은하까지……말 : 중국 한(漢)나라 때 장건(張騫)이 뗏목을 타고 은하수까지 갔다고 한 말을 가리킨다.

○ 바위틈에서 묵다 宿巖間

거대한 산엔 계절 빨라 가을 기운 다했는데	巨岳先秋秋氣闌
원숭이·학과 잠을 자다 밤 추위에 놀라네.	同眠猿鶴夜驚寒
구름 속에서의 하룻밤을 하늘이 허락하겠지	臥雲一宿天應許
맑은 꿈이 아련히 푸른 봉우리를 에워쌓네.	淸夢悠悠繞碧巒

○ 일출을 바라보다 望日出

신선들이 번쩍번쩍 천상에서 내려오는 듯	羣仙燁燁降瑤臺
동쪽으로 바라보니 새벽동이 환히 터오네.	東望扶桑曙色開
운무에서 가장 먼저 붉은 기운 솟구치니	蒼黛最先紅暈射
이내 몸이 태산의 일관봉⁴에 와 있는 듯.	此身如自日觀來

○ 해가 뜰 때 정백자의 동창시(東牕詩)⁵에 차운하다 日出 次程伯子東牕韻

떠오르는 광경은 그려내기도 어려우니	炫煌初景畫難容

---

4 일관봉 : 중국 태산 동남쪽 봉우리의 이름으로, 일출을 보는 곳이다.
5 정백자(程伯子)의 동창시(東牕詩) : 정백자는 북송 때 학자 정호(程顥)를 말하고, 동창시는 『이정집(二程集)』 권1에 수록된 「추일 우성이수(秋日 偶成二首)」의 두 번째 시를 일컫는다. 운자가 용(容)·홍(紅)·동(同)·중(中)·웅(雄)으로 된 칠언율시이다.

검푸른 바다에서 붉은 해가 솟아나오네.	海色蒼然溫暈紅
대지에 어찌 그늘을 드리운 적 있으리	大地何嘗陰翳有
온종일 태양이 떠있지 않은 적 없는데.	一天無不太陽同
묵묵히 선기6 위로 황도7를 밀어올리며	默推黃道璇璣上
천지조화 속에서 현기를 알선한다네.	旋斡玄機橐鑰中
평생의 장대한 구경 여기서 다했으니	壯觀平生於此盡
태양이 눈부셔서 참으로 웅장하구나.	光明磊落是眞雄

○ 장항동8 鄣項洞

신령한 곳 구경하며 세속과 단절하고	踏盡靈區絶世紛
돌아올 때 소매엔 산 구름 가득하네.	歸來雙袖滿山雲
머리 돌리면 천왕봉이 지척에 보이니	回首咫尺天王面
높이 솟아 천년토록 대지를 진압하네.	峻極千年鎭厚坤

---

6 선기(璇璣) : 북두성을 가리키는 듯하다.
7 황도 : 태양이 운행하는 궤도를 말한다.
8 장항동(鄣項洞) : 지리산 대원사 주변의 계곡을 일컫는데, 장항동(獐項洞)이라고도 한다.

○ 남명 선생의 시⁹에 차운하다 用南冥先生韻

누가 말했나 방장산은 오르기 어렵다고	誰云方丈上天難
한 걸음씩 오르면 그 정상에 오르리라.	一步躋登百尺竿
옛날 남명 선생 남긴 족적 떠올리면서	憶昔冥翁遺馥地
소매를 나란히 해 반갑게 서로 보세나.	聯翩襟佩好相看

○ 절구 한 수에 내 뜻을 써서 함께 유람한 여러 군자에게 올리다
  一絶書志 以呈同遊諸君子

저 멀리 나는 학은 따라가기 어려워서	迢迢黃鵠邈推難
느릅나무의 메추리는 자신을 탄식할 뿐.	尺鷃楡枋只自歎
무수한 선경은 볼수록 그림과 흡사하니	無數璃琚看作畫
두류산 천만 봉우리가 눈앞에 펼쳐졌네.	頭流千嶂眼前寬

---

9 시 : 조식의 『남명집』권1에 수록된 「두류작(頭流作)」을 가리킨다.

출전: 『매하집(梅下集)』권1, 「추보방장창수운(追步方丈唱酬韻)」

일시: 미상

일정: 시제(詩題)에 의거해 살펴보면, 덕산 - 대원사 계곡 - 유평 - 천왕봉 - 장항동〔대원사 계곡〕을 거쳐 덕산으로 하산하였음을 알 수 있다.

저자: 김기주(金基周, 1844-1882)

자는 성규(聖規), 호는 매하(梅下)이고, 본관은 상산(商山)이다. 부친은 김원(金瑗)이고, 어머니는 안동 권씨로 권호명(權顥明)의 딸이다. 현 경상남도 산청군 신등면 단계리 법물(法勿)에서 태어났다. 23세 때 성재(性齋) 허전(許傳, 1797-1886)의 문하에 나아가 수학하였고, 삼종숙(三從叔)인 단계(端磎) 김인섭(金麟燮, 1827-1903), 한주(寒洲) 이진상(李震相), 만성(晚醒) 박치복(朴致馥) 등의 훈도를 받기도 하였다. 문장에 뛰어났다. 저술로 『매하집』이 있다.

천만 갈래의 길도
각자가 걸어갈 뿐

권규집의 후유산기행

천만 갈래의 길도 각자가 걸어갈 뿐

권규집權奎集의 후유산기행後遊山記行

○ 신축년(1901) 8월 사겸[1]·달천[2]·형오[3]와 함께 두류산을 유람하는
  도중에 일두 선생 시[4]의 운자를 써서 짓다. 辛丑八月 與士兼達天衡五
  遊頭流山途中 用一蠹先生韻

올벼는 갓 여물고 여문 채소는 부드러우니   早稻新登老菜柔
농가에서는 매우 바쁜 가을 추수철 만났네.   田家正値倍忙秋
글방에서 일 없는 나그네 스스로 우습구나   自笑書窓無事客
방호산 깊은 곳에 가 신선들이나 찾아볼까.   方壺深處問仙流

---

1 사겸(士兼) : 권상철(權相喆)의 자인 듯하다.
2 달천(達天) : 최좌순(崔佐淳)의 자인 듯하다.
3 형오(衡五) : 권상정(權相政)의 자인 듯하다.
4 일두……시 : 일두(一蠹)는 정여창(鄭汝昌)의 호이고, 정여창의 시는 「악양(岳陽)」을 말한다.

○ **입덕문** 入德門

인심은 명령을 듣지 않고 도심은 미미하니	人心不聽道心微
천만 갈래의 길을 각자 스스로 걸어간다네.	萬逕千蹊各自歸
모름지기 입덕문 안으로 들어가야 하리라	須從入德門中去
분명한 지결 당시 임금 잘못도 바로잡았네.	的訣當年爲格非

○ **산천재에서 주련의 시에 공경히 차운하다** 山天齋 敬次柱上韻

한 치의 풀 막대[5]와 북을 치는 큰 북채[6]	寸筳與大叩
소리가 나고 안 나는 데 관계된 것이지만	係是有無聲
종에 비유하면 모두가 한 가지 이치이니	喩鍾皆一理
우리 도는 두 선현[7]께서 울린 것이라네.	吾道兩賢鳴

---

5 한……막대 : 이황(李滉)의 『퇴계집(退溪集)』 권1 「기사우인 기거승(寄謝友人 寄巨勝)」
　　이라는 시에 '한 치의 막대기로 옛 경쇠를 울리네[寸筳發古磬]'라고 한 구절을 가리키는
　　듯하다.
6 큰 북채 : 조식의 『남명집』 권1 「제덕산계정주(題德山溪亭柱)」의 '크게 두드리지 않으면
　　소리나지 않는다네[非大扣無聲]'라고 한 구절을 가리키는 듯하다.
7 두 선현 : 퇴계 이황과 남명 조식을 가리킨다.

○ 세심정에서 식산 이만부의 시[8]에 차운하다 洗心亭 次李息山萬敷韻

아득한 만 리 길에 향도가 없어 한스러운데　　　　　迢迢萬里恨無媒

황곡[9]은 어느 해에 떠나 돌아오지 않는 건지.　　　黃鵠何年去不回

가을 산 풀섶에 이 정자만 덩그러니 남았고　　　　秋草山中亭獨在

해질 무렵 강가에 나그네 두 사람이 오고 있네.　　夕陽江上客雙來

정조께서 내린 사제문 비석에 선명히 남았는데　　正廟遺文昭載石

제사 모시던 옛 제도는 사발처럼 뒤집혀 있네.　　盧疆古制覆如盃

강가에 나아가서 내 마음의 때를 씻어낸다면　　　臨流若洗吾心累

선현들이 의리로 재단했던 것을 알게 되리라.　　　庶識前賢義理裁

○ 일찍 직문[10]을 출발하다 早發稷門

노인성인 남극성[11]을 보러 가니　　　　　　　　　爲觀南極老

---

8 시 : 이 시는 하세응(河世應, 1671-1727)의 『지명당유집(知名堂遺集)에 실린 「차이식산세심정운 부원운(次李息山洗心亭韻 附元韻)」을 가리킨다. 경북 상주에 살던 이만부(李萬敷, 1664-1732)는 1724년 덕천서원 원장을 지냈는데, 이때 진주로 내려와 지역인사와 두루 교유하였다.

9 황곡 : 초나라 굴원(屈原)의 「복거(卜居)」에 보이는 '신선이 타고 다닌다는 새'를 말한다.

10 직문 : 현 경상남도 산청군 시천면 신천리 마을이름인 듯하다.

11 남극성(南極星) : 남쪽하늘 5시 방향에서 떴다가 7시 방향으로 지는 별인데, 추분날 가장 잘 보인다. 이 별이 나타나면 세상이 태평하게 다스려지고, 이 별을 보는 자는 장수한다고 믿었다. 그래서 노인성 또는 수성(壽星)이라고도 하였다.

내일이 곧 추분이기 때문이라.　　　　　明日是秋分

문안편지로 김씨 벗을 만났고　　　　　家信逢金友

시를 지어 이군과 작별하였네.　　　　　詩愁別李君

물빛은 온전히 푸른 옥빛이고　　　　　水色全蒼玉

숲속은 반쯤이 흰 구름이라네.　　　　　林容半白雲

산중에는 유람객들이 많아서　　　　　山間多玩客

곧장 글 짓지 못하는 이 적네.　　　　　逕蘇不成文

○ 벽계암12 碧溪菴

두류산의 중턱에 있는 외로운 암자 하나　　　頭流中嶽一孤菴

장삼 걸친 승려가 평안히 석가를 말하네.　　　白衲平安寫悉曇

임금께서 산처럼 장수하길 북향해 기도하고　　聖壽如山祈向北

바다 겸한 큰 구경 남쪽 끝까지 눈길 가네.　　大觀兼海眼窮南

오월에 나는 듯한 암자를 옛터에 중수하고　　　五月翬飛修古址

천 년 전 용이 떠난 곳 깊은 못이 증명하네.　　千年龍去證深潭

노쇠해진 내 인생 발걸음이 견고하지 않아　　衰病吾生跟不固

정상 올라 흉금 펴보는 일 참여하지 못하네.　　登顚吐納未能參

----

12 벽계암 : 현 천왕봉 아래 위치한 법계사를 가리킨다.

○ 문창대 文昌臺

문창대 뒤로 떠가는 구름 절로 근심스럽구나	後去臺空雲自愁
상전벽해 되어도 신령스런 이곳 변치 않으리.	滄桑猶不變靈區
만약 당시 선생이 이곳에 필적을 남기셨다면	若使當年留筆跡
유생 승려 할 것 없이 천추토록 전송할 텐데.	儒禪傳誦溢千秋

○ 산을 내려오며 주자의 축융봉 시¹³에 차운하다 下山 用朱子祝融峯韻

소년 시절 내 어른들을 따라 바람을 쏘였었지	少日吾隨長者風
비루한 생각을 스스로 흉금에서 씻어내게 했네.	能教鄙吝自消胸
옆 사람은 내게 슬픈 마음 많은 것을 모르고서	傍人不識多怊悵
이번 산행에 정상의 반만 올랐다고 비웃는구나.	却笑今行半到峯

○ 공전촌¹⁴을 출발해 갈치¹⁵를 넘다 發公田 踰葛峙

동쪽에서 나막신 신고 서쪽 누각을 내려올 때	朝陽雙屐下西樓

---

13 축융봉 시 : 중국 송나라 주희의 『회암집(晦庵集)』 권5에 수록된 「취하축융봉작(醉下祝融峯作)」을 가리킨다.
14 공전촌 : 현 경상남도 산청군 시천면 내공리를 말한다.
15 갈치 : 현 경상남도 산청군 시천면 내공리에서 하동군 옥종면 위태리 오대사(五臺寺)로 넘어가는 고개를 말한다.

시를 주고받으며 조용히 길가에서 구경했네.　　　酬唱從容路上遊

배 타고 세상을 둘러본 것 옛날 일이 아니니　　　海內舟航非昔日

산간 농민의 농사가 지난 가을보다 낫구나.　　　山中稼穡勝前秋

왕손의 두터운 음덕이 남아 전하는 공전촌[16]　　　王孫厚蔭公田閉

조 선생[17]의 유풍이 덕천 물가에 남아 있네.　　　曺子遺風德水洲

집집마다 술이 넉넉하여 유숙객이 취하는데　　　酒溢家家留客醉

갈증을 달래려 겨를 없이 주막으로 향하누나.　　　不遑吟渴向壚頭

○ 갈치의 정광중[18] 집에서 학포[19]의 고산 시[20]에 차운하다

葛峙鄭光仲家 用學圃孤山韻

사악한 기운이 꽉 찬 세상을 지겹도록 보면서　　　厭看邪氣在那間

큰 붓으로 한가함 얻은 것을 다리기둥에 쓰네.　　　大筆題橋得自閒

천고의 세월 동안 어지러워 치세가 적었으니　　　千古紛紛治世少

우리 인생 흰 구름 덮인 산에서 즐길 만하네.　　　吾生可樂白雲關

16 왕손의……공전촌 : 공전촌에는 전주이씨(全州李氏) 덕천군파(德泉君派) 후손들이 살고
　　있다.

17 조 선생 : 남명 조식을 말한다.

18 정광중(鄭光仲) : 광중은 자이며, 이름은 자세치 않다.

19 학포(學圃) : 정훤(鄭暄, 1588-1647)의 호이다.

20 고산시(孤山詩) : 『학포집』 권1에 수록된 「고산우음(孤山偶吟)」을 말한다.

○ 월횡²¹ 조경칠-찬규-의 집에서 유숙할 때 권수암²²의 우음시(偶吟
詩)²³에 차운하다 宿月橫趙敬七纘奎家 用權遂菴偶吟韻

저물녘엔 회원²⁴에서 취하였고	斜陽檜院醉
밤이 되어 월봉²⁵에서 읊조리네.	入夜月峯吟
강가 정자의 무한히 좋은 흥취	江亭無限好
젊은 유생 모으기에 딱 좋구나.	端合聚青衿

○ 횡구 조성택²⁶의 함월정 시에 차운하다 次橫溝趙公性宅涵月亭韻

십 년 동안 경영하여 집 짓는 소리 우렁찼고	經營十載築登登
덕천의 물을 끌어들여 창가가 맑기만 하도다.	道德川流逼戶澄
구름 속 숲속은 빽빽하게 우거져서 울창하고	雲裏林容藏密密
새벽이 밝아오니 산빛이 층층이 보이는구나.	曉來山色出層層
율곡학은 끝내 요령 터득을 늘 염두에 두고	栗學常懷終得領

---

21 월횡(月橫) : 현 경상남도 하동군 옥종면 월횡리 월횡마을을 일컫는다.
22 권수암(權遂菴) : 권상하(權尙夏, 1641-1721)를 말한다. 수암은 그의 호이다.
23 우음시(偶吟詩) : 권상하의 『한수재집(寒水齋集)』 권1에 수록된 「만음(謾吟)」을 가리
   킨다.
24 회원(檜院) : 현 경상남도 하동군 옥종면 회신리를 가리키는 듯하다.
25 월봉(月峰) : 현 경상남도 하동군 옥종면 월횡리에 있는 산 이름이다.
26 조성택(趙性宅) : 1827-1891. 월고(月皐) 조성가(趙性家)의 동생으로, 기정진(奇正鎭)에
   게 수학하였다. 하동 옥종에 거주하였다.

노사²⁷의 마음은 심법 전수함에 딱 맞았네.　　　　　　蘆心端合後傳燈

배회하며 달을 보니 그분은 어디에 계시는지　　　　　　徘徊望月人何處

내 일찍 문하에서 유학하지 못해 한스럽네.　　　　　　恨我陪遊早未能

○ 곤양 봉일암²⁸에서 병풍의 시에 차운하다 昆陽奉日菴 用屏上韻

서풍을 맞으며 절경을 찾아가는 길　　　　　　西風尋絶境

바닷가 온 세상이 한가롭기만 하네.　　　　　　海上十方閑

나그네 잠자리는 아침까지 편안하고　　　　　　客枕朝猶穩

선방 문은 밤에도 닫지를 않는구나.　　　　　　禪門夜不關

국화가 붉어 숲에 수를 놓은 듯하고　　　　　　菊紅林似繡

이끼 푸르러 바위에 무늬를 새긴 듯.　　　　　　苔碧石成斑

금오산²⁹을 향해서 떠나가려 하노니　　　　　　欲向金鰲去

삼십 리를 가며 서로 뒤돌아보겠지.　　　　　　相望一舍間

---

27 노사(蘆沙) : 기정진(奇正鎭)의 호이다.

28 봉일암 : 현 경상남도 사천시 곤명면 용산리에 있는 암자이다.

29 금오산(金鰲山) : 현 경상남도 하동군 금남면 · 고전면 · 진교면에 걸쳐있는 산 이름이다.

○ 앞의 시에 차운하여 용서 상인에게 주다 又用前韻 贈龍舒上人

앉아서 구멍이 없는 피리를 가지고서	坐持無孔笛
귀밑머리 허연 상인 날마다 한가롭네.	霜鬢日閑閑
서역 천축국[30]이 돌아가야 할 곳이니	西竺爲歸所
남쪽 언덕은 꿈속에서 노닐던 관문이리.	南原是夢關
자비의 생각으로 지금 의발을 전수하고	慈念今傳鉢
성심으로 옛날 색동옷 입고 춤추었네.	誠心昔舞斑
상인이 공경심을 표상한 줄 알겠으니	況知君象敬
봉일암 현판이 문설주에 걸려 있구나.	奉日在楣間

○ 다솔사 태양루에서 주련의 운자를 써서 짓다 多率寺太陽樓 用柱上韻

봉일암 앞에는 태극루라는 누각이 있는데	奉日菴前太極樓
고운 선생의 지난 자취 천 년이나 되었네.	孤雲往跡閱千秋
태전을 가엾게 여겨 섬을 경계한 창려노인	憐顚戒島昌黎老
당시 불가 향해 마음 두었던 것 아니라네.[31]	不是當年向釋流

---

30 서역 천축국 : 여기서는 불교를 말한다.

31 태전을……아니라네 : 중국 당나라 때 창려(昌黎) 한유(韓愈)가 조주자사(潮州刺史)로
나갔을 때 태전(太顚)이란 승려와 교유하였는데, 조주를 떠나면서 그에게 의복을 남겨주
었다. 그래서 사람들이 한유가 불교에 마음을 두었다고 오해하였다. 여기서는 그렇지 않
다는 뜻을 말하였다.

○ 다솔사 多率寺

방장산의 남쪽에는 수석이 사랑할 만하지	方丈山南水石憐
짚신 신고 오르다가 차 연기에 쉬었다네.	芒鞋晏上歇茶烟
물외 신선의 자취엔 영험한 해가 지나고	象外仙踪靈日去
구름 사이 누각 현판엔 태양루라 적혔네.	雲間樓額太陽懸
뽕나무밭이 변해 바다가 될 줄 어찌 알리	桑從改海安知後
이끼 끼지 않아도 오랜 비석임을 알겠네.	苔不生碑可證前
숲속 새들도 너무 고요한 승려들 미워해	林鳥猶憎僧太寂
짐짓 선방 곁에서 울어 현가를 대신하네.[32]	故啼寮側替歌絃

○ 대현[33] 시사의 작은 모임 大峴詩社小集

내 사는 곳과 이곳은 백 리나 떨어져 있으니	兩地迢迢隔一同
금오산의 신령한 경치 풍문으로만 들었다오.	金鰲靈境但聞風
오늘 내 행차가 너무 늦었다고 말하지 마소	今日吾行休道晚
운무 낀 파도 석양 속에서도 별탈이 없으리.	烟波無恙夕陽中

---

32 현가를 대신하네 : 현가(絃歌)는 현가(弦歌)라고도 한다. 옛날에는 악기로 연주하고 노래
하는 방식으로 시를 익혔는데, 여기서는 '승려의 염불이나 독송' 등을 일컫는다.
33 대현(大峴) : 현 경상남도 하동군 금남면 대치리 대치마을을 가리키는 듯하다.

○ 또 앞의 운자를 써서 하명가³⁴·하이칠³⁵에게 주고 남해 금산을 유
   람하다 又用前韻 贈河明可河而七 遊錦山

서림원에서 십 년 간 학술의 동이를 강론했으니³⁶	十載西林講異同
애초 달을 그리고 바람을 노래한 것이 아니었네.	初非抹月又斤風
금산은 물 보는 법을 배우기에 가장 좋은 곳이라	錦山最可觀瀾術
만 겹의 파도가 넘실넘실 바다 속으로 들어가네.	萬派滔滔入海中

○ 정치형³⁷이 노량을 유람하다 중지한 것에 비의해 주자의 서암시
   (西巖詩)³⁸ 운자를 써서 시를 지어 보이다 鄭致亨擬遊露梁中止 用朱夫子
   西巖韻以示

큰 바다가 남쪽을 가로질러 육지가 끝나려는데	大海經南地欲窮
누각에 올라보니 황홀하여 배를 타고 있는 듯.	登樓怳若坐船中
팔월의 국화는 붉게도 피어서 선명하기만 하고	八月籬花紅的皪
천년토록 옥 같던 봉우리는 영롱하게 푸르네.	千年峯玉碧玲瓏

---

34 하명가(河明可) : 명가는 자이고, 이름은 자세치 않다.

35 하이칠(河而七) : 이칠은 하재규(河載奎)의 자이다.

36 서림원에서······강론했으니 : 중국 송나라 주희(朱熹)가 여산(盧山) 서림원(西林院) 유가
   상인(惟可上人)의 달관헌(達觀軒)에 유숙하며 스승 이통(李侗)에게 수학한 것을 말한다.

37 정치형(鄭致亨) : 치형은 정규영(鄭奎榮, 1860-1921)의 자이다.

38 서암시(西巖詩) : 주희의 『회암집(晦庵集)』 권6에 수록된 「화인유서암(和人遊西巖)」을
   말한다.

녹동³⁹의 무너진 담장 오래된 약속 어겼는데　　　鹿洞頹垣違宿約
오헌⁴⁰의 고택에 와서 남긴 유풍 우러르네.　　　鰲軒古宅仰遺風
그대가 청년의 건각 자신함을 부러워하며　　　羨君自恃靑年脚
돌아갈 땐 표표히 동방을 향하듯이 하리라.　　　還北飄然擬向東

○ 정치형의 집에 머물며 짓다 留致亨家 走筆

하얀 이슬 내려 만물이 여무는 가을　　　白露候西成
푸른 파도가 남쪽지방을 갈라놓았네.　　　碧波紀南國
해와 달은 여전히 밝게도 비추는데　　　日月猶昭臨
이 세상은 어이해 이처럼 비색한가.　　　乾坤奈否塞
중화의 소리는 시로 지을 수 있지만　　　夏聲詩以能
봄의 기운은 취해야만 얻어진다네.　　　春氣醉因得
백발 노인 산으로 돌아갈 수 있지만　　　華髮可還山
나아가려면 지팡이에 의지할 수밖에.　　　欲前懶筇力

---

39 녹동 : 미상. 서재 이름인 듯하나 자세치 않다.
40 오헌(鰲軒) : 정태구(鄭泰龜, 1703-1753)의 호이다. 현 경상남도 하동군 금남면 대치리에
　　살았는데, 효자로 이름나 1885년 정려(旌閭)가 내렸다. 정규영은 정태구의 후손이다.

○ 우천정에서 강학수[41]·정치형과 함께 퇴계가 황중거[42]의 두류록시
(頭流錄詩)[43]에 대해 논평한 시[44]의 운자를 써서 짓다 愚泉亭 與姜學
叟鄭致亨 用退陶題黃仲擧頭流錄韻

세상이 맑은 시절엔 문물이 산림에 있었지	淸時文物在林間
오랜만에 그대 만나니 백발에 가련한 생각.	歲久逢君白髮憐
술자리에서 잠시 취하니 가을서리 새롭고	亭盃乍醉新秋露
섬의 돛단배 돌아오니 점심때가 가까웠네.	島帆初回近午烟
신령스런 이곳은 곤명 땅에 있는 정자인데	靈區秖在昆明地
여흥에 오히려 지리산 천왕봉을 바라보네.	餘興猶瞻智異天
물가 솔 밑의 신선바둑은 즐길 바 아니니	松水仙枰非所樂
밝은 아침에 퇴계 시의 운자로 시를 짓네.	晴朝拈韻退陶編

---

41 강학수(姜學叟) : 학수는 강병주(姜柄周, 1839-1909)의 자이다.
42 황중거(黃仲擧) : 중거는 황준량(黃俊良, 1517-1563)의 자이다.
43 두류록시(頭流錄詩) : 황준량의 『금계집(錦溪集)』 외집 권1에 수록된 「유두류산기행편
  (遊頭流山紀行篇)」을 말한다.
44 퇴계가……시 : 이황의 『퇴계집』 권1에 수록된 「제황중거준량방장산유록(題黃仲擧俊良
  方丈山游錄)」을 말한다.

출전: 『겸산집(兼山集)』 권2, 「후유산기행 21수(後遊山記行二十一首)」

일시: 1901년 8월

동행: 인근지역 벗 다수

일정: 덕산-법계사-천왕봉-덕산-옥종-곤양 다솔사 등으로 유람하였다.

저자: 권규집(權奎集, 1850-1916) 210쪽 참조.

찾아보기

최석기 崔錫起

현 국립경상대학교 인문대학 한문학과 교수. 경남문화연구원 인문한국(HK) 일반연구원 겸임. 한국경학 전공. 성균관대학교 한문학과 문학박사. 한국고전번역원 전문위원 역임. 저역서로는『선인들의 지리산 유람록 1-6』(공역),『남명과 지리산』,『남명정신과 문자의 향기』,『덕천서원』,『한국경학가사전』,『조선시대 대학도설』,『조선시대 중용도설』등이 있으며, 연구논문으로는「성호 이익의 시경학」,「남명의 성학과정과 학문정신」등 다수가 있다.

강정화 姜貞和

현 국립경상대학교 경남문화연구원 인문한국(HK)교수. 한국한문학 전공. 국립경상대학교 한문학과 문학박사. 경남문화연구원 학술연구교수 역임. 저역서로는『선인들의 지리산 유람록 1-6』(공역),『지리산, 인문학으로 유람하다』(공저),『거문고에 새긴 외금내고, 청도 탁영 김일손 종가』등이 있으며, 연구논문으로는「한말 지식인의 지리산 유람」,「지리산유람록 연구의 현황과 과제」등이 있다.

선인들의 지리산 기행시 1

2015년 8월 27일 초판 1쇄 펴냄

옮긴이 최석기·강정화
펴낸이 김흥국
펴낸곳 도서출판 보고사

등록 1990년 12월 13일 제6-0429호
주소 경기도 파주시 회동길 337-15 보고사 2층
전화 031-955-9797(대표)
    02-922-5120~1(편집), 02-922-2246(영업)
팩스 02-922-6990
메일 kanapub3@naver.com / bogosabooks@naver.com
http://www.bogosabooks.co.kr

ISBN 979-11-5516-452-5 94810
    979-11-5516-451-8 세트
ⓒ 최석기·강정화, 2015

정가 18,000원